Herbert Günther

Roberts Land

Eine Familiengeschichte

Herbert Günther

Roberts Land

Eine Familiengeschichte

 GERSTENBERG

Ich kann nur hoffen, dass die Kinder die Dummheiten der Erwachsenen überwinden.

Astrid Lindgren

Träumt einer, so bleibt er niemals auf der Stelle stehen.

Ernst Bloch, Das Prinzip Hoffnung

Wirklichkeit und Wahrheit sind zänkische Verwandte. Die Annahme, lebende oder verstorbene Personen träten in dieser Geschichte auf, ist verständlich und naheliegend, aber nicht wahr. Alle Personen der Handlung sind frei erfunden. Wie aber die Wahrheit nicht ohne die Wirklichkeit auskommt, so bedarf die Wirklichkeit immer der Wahrheit.

Geschichte Nr. 1
Auf dem Dachboden

ROBERT
ERLENRODE 1955

Mitten in der Nacht heulte die Sirene.

Robert fuhr hoch.

Georg, der große Bruder, stand angezogen vor dem Fenster ihres gemeinsamen Zimmers und sah hinaus. Ein rötlicher Lichtschein tanzte über die Giebel der Dächer.

Georg drehte sich um. Schatten fielen über sein Gesicht.

„Die Russen kommen", sagte Georg mit rauer Stimme und rannte aus dem Zimmer.

Robert schlug die Bettdecke zurück, blieb aber sitzen. Eben noch hatte er etwas Schönes geträumt. Und jetzt? Das konnte, das durfte die Wirklichkeit nicht sein! Draußen der ohrenbetäubende Heulton der Sirene, im Haus das Schlagen von Türen, eilige Schritte auf den Fluren, auf der Treppe, Stimmengewirr, Rufe, Flüche.

„Die Russen kommen", hatte Georg gesagt. Also war wieder Krieg. Es war ein Albtraum, der schlimmste, den Robert sich vorstellen konnte. Wie gelähmt saß er in seinem Bett – er wollte das alles nicht hören und nicht sehen.

Erst nach einer Weile schwenkte er die Beine aus dem Bett,

stand auf und ging zum Fenster. Flammen, Rauch, ein roter Himmel. Es sah aus, als brenne schon das ganze Unterdorf von Erlenrode.

Robert wich zurück. In Windeseile zog er sich an und öffnete die Zimmertür. Alle waren jetzt unten. Er hörte ihre aufgeregten Stimmen in der Küche.

Robert zögerte. Einerseits wäre es gut, jetzt bei den anderen zu sein, bei seiner Familie, bei seinen Eltern, die doch wissen mussten, was jetzt zu tun war. Andererseits wollte er nicht, dass sich auf einmal alles in seinem Leben zum Schlimmen ändern sollte.

Was würde ihn jetzt erwarten? Angst und Schrecken und all die Grausamkeiten, von denen der Vater erzählt hatte. Nie wieder würde er sich beschweren, dass sie keinen Fernsehapparat hatten wie Jaschkes gegenüber, wenn nur nicht ... Er setzte sich auf die oberste Treppenstufe und stützte den Kopf zwischen die Hände.

„Sei vorsichtig, Gustav!", hörte er die flehende Stimme der Mutter. „Wir brauchen dich!"

Roberts Geschwister Georg, Hans und Anita redeten durcheinander. Oma Anna sagte etwas. Opa Rudolf brummte.

Dann ging die Küchentür auf. Der Vater huschte über den unteren Flur. Er war in Uniform! Die Mutter, im Nachthemd, folgte ihm bis zur Haustür.

Robert sprang auf, lief über den oberen Flur, öffnete die Tür zum Dachboden und stieg die steile Treppe hinauf. Rechts war die Wurstekammer, unter den Dachschrägen verstaubtes

Gerümpel, links der Trockenboden, ein Drittel davon mit Maschendraht abgetrennt: der Taubenschlag von Bruder Hans.

Robert setzte sich auf den Hocker vor dem Maschendraht, auf dem Hans oft saß, wenn er seine Tauben beobachtete. Durch das Fenster im Giebel zuckte der rote Feuerschein. Die Sirene gellte. Ein paar Tauben hüpften unruhig über den Boden, gurrten, andere saßen still in ihren Nistzellen in der Dunkelheit.

Warum Robert sich hierher geflüchtet hatte, war ihm jetzt selber ein Rätsel. Hier war er alles andere als in Sicherheit. Würden die Russen mit Flugzeugen kommen und Bomben abwerfen, dann wäre er hier am allermeisten in Gefahr.

Seine drei Geschwister wären so dumm nicht gewesen. Sie waren Kriegskinder. Sie hatten Erfahrung. Sie hatten das alles schon erlebt. Er, Robert, war der Jüngste in der Familie, das erste Kind der Nachkriegs-, der Friedenszeit.

Damals, als Robert noch gar nicht auf der Welt war, hatten sie in der Stadt gewohnt. Der Vater war weit weg im Krieg. Wenn die Flugzeuge mit ihren Bomben kamen, war die Mutter mit ihren drei Kindern in den Keller geflohen. Georg war damals ein Baby. „Er ist auf der Kellertreppe groß geworden", sagte Oma Anna immer. Deshalb ist er heute noch so zappelig.

Und jetzt, dachte Robert mit Schrecken, geht es wieder los. Jetzt werde auch ich ein Kriegskind.

Sieben Kilometer von ihrem Dorf entfernt war die Grenze zur DDR. Dahinter standen die Russen mit Panzern und

Flugzeugen. „Wenn es losgeht", sagte Opa Rudolf immer, „sind wir die Ersten, die überrollt werden."

Warum gab es Krieg? Darauf wusste auch der Vater keine richtige Antwort. Jeden Sonntag nach dem Mittagessen erzählte er. Eingehüllt in Zigarrenqualm führte er seinen Kindern immer wieder vor Augen: wie er auf gefährlichem Patrouillengang durch Eis und Schnee beinahe erschossen worden wäre, wie er den anrollenden Panzern begegnet war, wie er durch eine Splittergranate an der Schulter verletzt wurde. Und dann: brennende Häuser, Flugzeuge, die in der Luft explodierten, schreiende Menschen, blutüberströmte Gesichter, Därme, die aus dem Bauch quollen, Kameraden, die in seinen Armen starben. Und wenn Robert fragte: „Aber warum?", zog der Vater die Schultern hoch und sagte: „Das war eben so. Macht ihr das mal besser."

Aber wie sollte er, Robert, es besser machen, wenn jetzt der Krieg kam? Der Krieg, der alles überrollte, die gutwilligen Menschen genauso wie die bösen. Er spürte seine Hilflosigkeit und rührte sich nicht vom Fleck.

Eine Taube hüpfte über den mit angetrocknetem Kot bedeckten Boden in die Nähe des Maschendrahts und reckte den Hals, als wolle sie den nächtlichen Besucher auf der anderen Seite etwas fragen.

Die Tauben haben es gut, dachte Robert. Die wissen nichts vom Krieg. Die wundern sich vielleicht, warum mitten in der Nacht die Sirene heult, aber von Bomben und all dem Schrecklichen haben sie keine Ahnung.

Genau konnte er die Taube nicht erkennen, aber möglicherweise war es Gundula, die im vorigen Herbst beinahe gestorben wäre. Sie saß mit aufgeplusterten Federn und eingezogenem Kopf traurig in der Ecke.

Dr. Prellwitz war gekommen, der junge Tierarzt aus dem Nachbardorf. Er hatte Gundula in die Hände genommen, beruhigend auf sie eingesprochen, hatte sie gründlich untersucht, Vitamin A verschrieben und auch gleich alle anderen Tauben im Schlag vorsorglich geimpft. Gundula war gesund geworden und die befürchtete Ansteckung im Taubenschlag war ausgeblieben.

Seitdem dachte Robert: Tierarzt, das wäre was. Vielleicht erst mal als Lehrling bei Dr. Prellwitz und später dann ... Aber wenn jetzt der Krieg kam, konnte er auch das vergessen.

Auf einmal schwieg die Sirene. Dafür hörte man nun das laute Tatütata der Feuerwehr. Wahrscheinlich kamen sie auch aus den Nachbarorten. Wahrscheinlich brannte schon das ganze Unterdorf. Wahrscheinlich waren die Russen mit Panzern gekommen. Jedenfalls hörte er keinen Flugzeuglärm in der Luft, so angestrengt er auch lauschte.

Wenn die Flugzeuge kämen, würde er einfach die Klappe am Taubenschlag hochziehen und die Tiere in den Nachthimmel schicken. Tauben, die einen größeren Feind sichten, hatte ihm Hans erzählt, einen Falken oder Habicht, fliegen im Pulk auf den Angreifer zu und dicht vor ihm stieben sie plötzlich auseinander, sodass der Feind ins Leere stößt. Vielleicht würden die Tauben die Flugzeuge ablenken und sie würden die Bomben nicht über ihrem Haus, nicht über ihrem Dorf abwerfen.

Außerdem: Tauben waren doch ein Symbol für den Frieden. Wenn die Flugzeugpiloten auf einmal einen Taubenschwarm vor sich sähen, dann müssten sie doch …

„Mumpitz", würde Georg sagen, „Tinnef, Kokolores." Und nach allem, was der Vater erzählte, wusste Robert längst, dass es im Krieg ganz anders zuging. Vielleicht waren diese Minuten auf dem Dachboden seine letzten Friedensminuten, die letzten, in denen noch ein bisschen Hoffnung war. Wenn er jetzt die Treppe hinunterginge, wäre da die Mutter mit verweintem Gesicht, würde ihn in den Arm nehmen und sagen: „Robert, es ist Krieg." Und der Krieg, der war wie eine Dampfwalze, die alles zerdrückte.

Das wurde in seiner Familie immer wieder erzählt: Als der Vater vor zehn Jahren, am zweiten Pfingsttag 1945, aus dem Krieg nach Hause gekommen war, hatte er in den Spiegel geschaut und sich selbst nicht mehr erkannt. Robert hatte das Foto gesehen, das drei Tage nach der Rückkehr des Vaters aufgenommen worden war. Das Gesicht hager und schmal, wie ein Totenkopf fast, die Augen ganz tief in den Höhlen, als hätte sich das Leben weit in ihn zurückgezogen.

Und jetzt, zehn Jahre nach all dem Schrecklichen, ging alles wieder von vorn los. Nicht irgendwo weit weg, sondern hier, in ihrem Dorf. Sie wurden als Erste überrannt.

Robert lauschte auf die Geräusche draußen. Die Sirene

schwieg. Auch das Tatütata der Feuerwehrautos war nicht mehr zu hören. Das rote Flackern vor dem Giebelfenster hatte nachgelassen. Rauch lag in der Luft, Brandgeruch. In der Ferne Männerstimmengewirr, Johlen, Brüllen, Lachen. Klang das wie Krieg?

Die Taube Gundula – wenn es Gundula war – breitete die Flügel aus und flatterte mit großen Sätzen in die Mitte des Taubenschlags zurück. Zwei andere Tauben sprangen aus ihren Nistzellen und hüpften gurrend um Gundula herum.

„Nun mal Ruhe", flüsterte Robert. „Vielleicht ist ja alles nicht so schlimm."

Die Tauben waren Roberts Lieblingstiere nicht. Auch wenn sie hundertmal Friedensvögel waren. Draußen unter dem blauen Himmel, wenn sie im Schwarm über die roten Dächer flogen, das sah er gern. Aber wenn er Hans half, den angetrockneten Kot vom Boden des Schlags zu kratzen, spürte er in der Nähe der Tauben immer einen komischen Schauder. Dann hatte er das Gefühl, als beobachteten sie ihn misstrauisch mit aufgeplustertem Hals. Außerdem roch er den ekligen Kotgestank noch tagelang an seinen Fingern.

Das ferne Stimmengewirr draußen klang immer weniger nach Krieg und Robert spürte so etwas wie Erleichterung. Die Flugzeuge kamen nicht. „Das Dröhnen der Motoren, das geht dir durch und durch", hatte die Mutter gesagt. „Das vergisst du nie."

Robert stand auf, ging zum Giebelfenster und sah hinaus. Der rote Lichtschein gegen den Wald war jetzt schwächer.

Der Vollmond stand über dem Dorf. Er sah die Giebel der Nachbarhäuser, die Schatten der Bäume und Sträucher im Garten.

Vielleicht brannte doch nicht das ganze Unterdorf. Und russisch hörten sich die Stimmen auch nicht an. Robert stellte den Hocker vor den Mittelpfeiler des Trockenbodens, setzte sich und lehnte sich mit dem Rücken dagegen. Ein Krieg fing wahrscheinlich ganz anders an. Sicher hätte man schon Tage vorher davon erfahren. In der Zeitung hatte nichts gestanden, soviel Robert wusste, auch im Radio hatten sie nichts gesagt. Aber warum war der Vater in Uniform?

Von den Geschichten, die der Vater immer wieder erzählte, war Robert die vom Ende des Krieges, die Fluchtgeschichte, die liebste. Weil sie ein Anfang war, der Anfang auch von Roberts Leben. Wäre der Vater aus dem Krieg nicht wiedergekommen wie so viele Väter, dann würde es Robert gar nicht geben.

Als der Krieg zu Ende ging, war der Vater in Berlin. Die Stadt lag in Trümmern, es herrschte ein unbeschreibliches Durcheinander. Zusammen mit drei anderen Soldaten machte sich der Vater, damals, im Mai 1945, auf den Weg nach Hause. Es fuhr kein Bus und keine Bahn. Zu Fuß gingen sie wochenlang über die Autobahn, hungrig und durstig. Einmal fanden sie am Straßenrand eine tote Kuh. Sie brachen ein paar Knochen heraus und schnitten das Euter ab. Beim nächsten Bauernhof liehen sie sich eine Pfanne und einen Kochtopf, brieten das Euter und kochten die Knochen aus. Sie schlürften die Brühe und an dem Euter lutschten sie noch zwei Tage lang.

Robert zog es den Magen zusammen, wenn er daran dachte. Aber wie der Vater über die Autobahn gewandert, wie er über den breiten Fluss, die Mulde, geschwommen war und beinahe im Sumpf versunken wäre, wie er in amerikanische Gefangenschaft geraten war und wieder ausbüxen konnte, wie der Vater zum ersten Mal die Berge seiner Heimat gesehen hatte und wie er schließlich hier zu Hause angekommen war, das stellte Robert sich gern und immer wieder vor. Und alles sollte anders werden, besser …

Unten im Haus waren laute Stimmen zu hören. Auf dem oberen Flur tappten Schritte. Jemand rief seinen Namen. Georg.

„Robbi? Robbi, wo steckst du?"

Da war er schon vor der Dachbodentür, die nur angelehnt war, zog sie vollends auf, das Licht geisterte von unten herauf. Georg polterte über die Stufen nach oben.

„Hier bist du!", rief er. „Menschenskind! Alle Welt sucht dich! Was machst du denn hier bei den Tauben?"

Robert zog die Schultern hoch. „Nur so", sagte er. „Was … was ist denn los?"

„Lademanns Scheune", sagte Georg. „Brennt wie Zunder. Wahrscheinlich selbst angesteckt. Wegen der Versicherung."

„Und?", fragte Robert.

„Nichts passiert", sagte Georg. „Nur Heu und Stroh und

morsche Balken. Aber um die alte Kutsche ist es schade...
Sag mal, wieso hockst du hier oben?"

Darauf gab Robert keine Antwort. Stattdessen fragte er:
„Warum ist Vati in Uniform?"

Der große Bruder musterte ihn von oben bis unten und
grinste. Jetzt hatte er ihn durchschaut.

„Menschenskind", sagte Georg. „In Uniform sind sie doch
alle. Feuerwehr. Sag bloß, du hast gedacht..."

„Du hast das gesagt!", rief Robert und stand auf. „Das mit
den Russen."

„Mann, Robbi!", sagte Georg. „Du musst doch nicht gleich
aus jeder Mücke einen Elefanten machen."

Er legte Robert den Arm um die Schultern und drückte ihn
kurz an sich. Dann stiegen sie die steile Treppe hinunter.

Oma Anna und Opa Rudolf waren längst wieder in ihren
Betten, Anita und Hans noch bei Lademanns Scheune, der
Vater natürlich auch. Die Mutter, froh, dass Robert wieder
aufgetaucht war, schimpfte nur halbherzig.

„Jetzt aber ab in die Federn mit euch!", sagte sie. „Guckt
mal auf die Uhr. Zehn nach drei! Und morgen ist Schule."

Doch in dieser Nacht schliefen die Brüder noch lange
nicht. Ihre Betten standen mit den Fußenden aneinander. Jeden Abend redeten sie, bis ihnen die Augen zufielen, über alles
Mögliche und Unmögliche, über Dorftratsch und über Philo-
sophie. Über alles, was es in der Welt, im Himmel oder in der
Hölle gab oder geben könnte, über alles, was sie sich ohne
Netz und doppelten Boden in ihrer Fantasie vorstellen konn-

ten. Heute erzählte Georg natürlich vom Feuer. Das halbe Dorf war offenbar zum Zuschauen um Lademanns Scheune herumgestanden.

„Es war ein bisschen wie Schützenfest oder Kirmes", sagte Georg. „Elsa war auch da."

Elsa wohnte mit ihrer Mutter und ihrer Schwester in einer kleinen Wohnung auf dem schattigen Bauernhof von Vollbrechts. Sie waren Flüchtlinge, wie es viele gab im Dorf. Elsa war dreizehn, so alt wie Georg, und die Beste in der Schule. Sie war musikalisch, spielte Gitarre, und wenn es nach Georg ginge, dann würde Elsa demnächst seine Freundin sein. Außer Robert ahnte aber noch keiner etwas davon, am wenigsten Elsa.

Georg wusste über alles im Dorf und in der Welt irgendwie Bescheid. Für Robert war Georg die erste Sprosse auf der Leiter zur rätselhaften Welt der Erwachsenen. Was er sagte, stellte sich ziemlich oft als übertrieben heraus, aber ein Funken Wahrheit war immer dabei.

Sie redeten und redeten und draußen wurde es allmählich hell, und irgendwann sagte Robert: „Was würdest du machen, wenn es mich gar nicht gäbe?"

„Dann hätte ich das ganze Zimmer für mich", sagte Georg.

„Mal im Ernst", sagte Robert. „Stell dir vor, unser Vater wäre nicht aus dem Krieg zurückgekommen …"

„Oder unsere Mutter hätte einen anderen Mann geheiratet", sagte Georg.

„Hätte leicht sein können", sagte Robert. „Zuerst hat sie ihm beim Tanzen einen Korb gegeben."

„Stell dir vor, der dicke Böckelmann aus Bückeburg…"

„Nie. Den hätte sie nie …"

„Stell dir vor, Robbi", sagte Georg. „Dann würdest du mit der Mutterhälfte in der Stadt wohnen. Und mit der Vaterhälfte hier auf dem Dorf. Dann könntest du dich selber besuchen und wüsstest es gar nicht."

„So'n Quatsch", sagte Robert.

„Die Welt ist voller Möglichkeiten, Robbi, Menschenskind", sagte Georg. Und dann: „Sag bloß, du hast das wirklich geglaubt? Ich meine, dass die Russen kommen? Dass es Krieg gibt?"

„Und wenn?", sagte Robert.

„So läuft das nicht, Robbi", sagte Georg. „Weißt du, was ich glaube? In Wirklichkeit ist das viel gemeiner. In Wirklichkeit fängt so was immer ganz harmlos an."

Geschichte Nr. 2
Der Brief

GUSTAV
ERLENRODE, BÜCKEBURG, BERLIN
1929–1933

Es war an einem Vormittag im Juni 1929. Ein wunderbar duftender Sommervormitttag, die Sonne schien vom blauen Himmel, die Schwalben tobten durch die Luft, das kleine Dorf Erlenrode lag friedlich und verschlafen zwischen den Wäldern.

Gustav wendete das Heu auf der hinteren Wiese. Er war allein, was ihm lieber war, als wenn sein Vater dabei gewesen wäre, der ihm bei jedem Handgriff sagte, wie er es zu machen habe. Gustav war siebzehn und immer, wenn er die Augen hob und über die Wiesen und den Bach gegen die grüne Wand des Waldes sah, stellte er sich vor, dass dahinter das richtige, das aufregende, das interessante Leben wartete, von dem er hier in seinem Dorf nur träumen konnte.

Im weiten, geblümten Sommerkleid, die Schürze vor dem Bauch, kam seine Mutter über die Wiesen gesegelt. Sie blieb vor ihm stehen, sah ihn einen Moment lang kopfschüttelnd an und da wusste Gustav Bescheid. Eine Welle der Vorfreude und Erwartung stieg in ihm auf. Die Mutter zog den Brief unter ihrer Schürze hervor. Wortlos reichte sie ihm den dicken Umschlag mit dem amtlichen Adler im Absender.

Hastig riss er den Briefumschlag auf. Ja! Diesmal war es keine Absage. Diesmal lag ein großer Fragebogen dabei. Und in dem Brief stand, dass er einen Lebenslauf und ein polizeiliches Führungszeugnis schicken und in drei Monaten zur Musterung kommen sollte. Dann würden sie prüfen, ob sie ihn bei den Soldaten haben wollten oder nicht.

Heimlich hatte sich Gustav in vier Städten bei den Soldaten beworben. Aus drei Städten waren schon Absagen gekommen. So viele junge Männer wollten Soldat werden. So viele waren arbeitslos. Nun endlich konnte er wenigstens zur Musterung fahren. Am liebsten hätte er seine Mutter vor Freude umarmt.

Aber in den Augen der Mutter stand Sorge. „Was wird der Vater sagen?", wandte sie ein.

Daran mochte Gustav gar nicht denken. Doch als er die Papiere noch einmal durchsah, entdeckte er mit Schrecken, dass es in der letzten Zeile auf dem großen Fragebogen hieß: *Unterschrift des Vaters.* Wer noch nicht achtzehn war, brauchte die Unterschrift des Vaters.

Der Vater, als sie ihm am Abend alles zeigten, war außer sich vor Wut.

„Du hast mich hinterrücks betrogen!", schimpfte er. „Mit meinem Sohn habe ich anderes vor. Du sollst den Bauernhof übernehmen und nicht in der Welt herumzwitschern! Nie im Leben werde ich meine Einwilligung geben!"

Um ein Haar hätte er den Brief ins Feuer geworfen.

Die Mutter beruhigte den Vater und sie beruhigte auch Gustav. „Kommt Zeit, kommt Rat", sagte sie. „Am besten, wir schlafen erst mal darüber."

In den nächsten Tagen wurde nicht mehr von dem Brief gesprochen und die ganze Sache schien vergessen. Doch dann, Wochen später, an einem Sonntagnachmittag im Juli, Gustav hatte seine Hoffnungen schon fast aufgegeben, alle saßen gut gelaunt am Kaffeetisch, da sagte die Mutter: „Hör mal, Rudolf, wenn der Junge nun unbedingt zu den Soldaten will, dann lass ihn doch. Für den Bauernhof haben wir ja noch den Heinrich. Und in Bückeburg, wo die Kaserne ist, da lebt doch auch deine Schwester, die Rieke, die freut sich bestimmt, wenn unser Gustav kommt."

„Ja, Vater", sagte Gustav schnell. „Bitte! Du hast mir so viel Schönes von deiner Soldatenzeit erzählt. Das kannst du mir doch auch gönnen."

Der Vater zwirbelte seinen Schnauzbart, stopfte seine Pfeife, brummelte eine Weile vor sich hin. Dann sagte er: „Hol den Brief. Ich unterschreibe. Aber komm mir nie und beklage dich, wenn es dir schlecht geht!"

Zwei Monate später fuhr Gustav zum ersten Mal mit der Eisenbahn. Tante Rieke, die Schwester des Vaters, wohnte nicht nur in Bückeburg, der Soldatenstadt, sie wohnte im Schloss. Tante Rieke war die Köchin der Fürstenfamilie.

Gustav, der bisher kaum über die Grenzen seines Dorfes hinausgekommen war, kam nun alles fast wie im Märchen vor. So viel Neues strömte auf ihn ein, er sah es und er sah es vor

lauter Aufregung nicht. Seine Tante führte ihn über teppich-
ausgelegte Treppen, durch lange Gänge im Seitenflügel des
Schlosses, er sah prunkvolle Türen, glitzernde Kronleuchter,
Erker und Winkel, rote Samtvorhänge, hohe Zimmer, große
Fenster mit Blick auf Park und Schlossgraben.

Weil der Fürst und seine Familie nicht zu Hause waren,
führte ihn Tante Rieke in ein Badezimmer, wie Gustav es
noch nie gesehen hatte: blitzende Kacheln an den Wänden
und auf dem Fußboden, eine verschnörkelte Badewanne, die
aussah wie ein Schwan, zwei Waschbecken mit goldverchrom-
ten Wasserhähnen, Spiegel mit Goldrahmen, eine Kloschüssel
wie ein Thron.

„Heute Abend bist du der Prinz", sagte Tante Rieke ver-
schwörerisch lächelnd und ließ Wasser in die Schwanenwanne
laufen. So kam es, dass Gustavs neues Leben mit einem Bad
in der Fürstenwanne begann.

Zwei Tage dauerte die Musterung. Zweiundvierzig junge
Männer waren in die Kaserne gekommen und alle wollten
unbedingt Soldat werden. Sie wurden abgeklopft und abge-
horcht, mussten Fragen beantworten und vorturnen. Am Ende
wurden nur fünf von ihnen angenommen. Die Abgelehnten
waren enttäuscht und traurig. Viele hatten da, wo sie lebten,
keine Arbeit.

Gustav gehörte zu den glücklichen fünf. Seine Tante Rieke
lächelte und sah aus, als hätte sie alles schon vorher gewusst.
„Wer in der Fürstenwanne gebadet hat, der wird auch Soldat",
sagte sie.

Zu Hause im Dorf wurde Gustav von allen bewundert. Er hatte es geschafft. Er würde Soldat werden. Die Männer im Gesangverein „Liederkranz" sangen ihm zum Abschied „Im schönsten Wiesengrunde".

Gustav musste sich mit seiner Unterschrift verpflichten, zwölf Jahre als Soldat zu dienen. Dass es einen Krieg geben könnte, kam ihm nicht in den Sinn. Zwölf Jahre Abenteuer, dachte er, zwölf Jahre nicht mit den Ochsen aufs Feld, zwölf Jahre richtiges Leben.

Das Soldatenleben war ein bisschen wie Schule, nur dass er mit seinen Kameraden nun Tag und Nacht zusammen war. Sie machten viel Sport, Schwimmen und Turnen und Leichtathletik, sie lernten Schießen und Strammstehen, Exerzieren und Marschieren und vor allem lernten sie, dass man als Soldat gehorchen, seine Pflicht erfüllen und immer tun musste, was die Vorgesetzten sagten. Und wenn sie durch die Stadt marschierten, blieben die Leute am Straßenrand stehen und schenkten ihnen bewundernde Blicke.

Gustav wurde ein guter Soldat und freute sich, wenn seine Vorgesetzten ihn lobten. Mit jeder Beförderung, hatte er das Gefühl, war er ein Stück weitergekommen im Leben.

Er kam herum in der Welt, war mal hier auf einem Lehrgang, mal dort im Manöver. Und einmal wurde er sogar abkommandiert in die große Hauptstadt Berlin, um für zwei Monate als Wachsoldat vor dem Amtssitz des Reichspräsidenten Hindenburg zu stehen.

Sie waren zu zweit, standen Gewehr bei Fuß unter einem

Glasdach und durften sich nicht rühren, keine Miene verziehen, nicht schlucken und sich nicht räuspern. Gustav gab sich große Mühe mit dem Stillstehen.

Eines Tages suchte eine alte Frau Schutz vor dem strömenden Regen und stellte sich zwischen Gustav und seinen Kameraden. Eine Weile stand sie schweigend da, sah aus den Augenwinkeln nach links und nach rechts, dann plötzlich legte sie erschrocken die Hand auf den Mund und sagte: „Mein Gott, das sind ja Menschen!"

Gustav lachte darüber. Hier, in der großen Welt, war alles anders als in seinem Erlenrode. Manches kam ihm vor wie ein Traum.

Oft fuhr in diesen Tagen ein Auto beim Reichspräsidenten vor. Darin saß ein Mann im blauen Anzug, dem eine schwarze Haarsträhne über das rechte Auge hing. Er grüßte die Wachsoldaten regelmäßig, aber sie grüßten nicht zurück. Soldaten, hatte Gustav gelernt, taten immer nur, was ihnen befohlen war.

Dann, am 30. Januar 1933, war ungewöhnlich viel Lärm auf der Straße vor dem Amtssitz des Reichspräsidenten. Marschierende Kolonnen, Fackeln, Johlen, Musik, tausend Arme streckten sich dem Mann in dem blauen Anzug entgegen, aus tausend Kehlen brüllte es: „Heil Hitler!"

Was los war, erfuhr Gustav erst von seinen Kameraden auf der Wachstube. Die Nationalsozialisten hatten die Macht in Deutschland übernommen. Adolf Hitler war Reichskanzler. Und so viele Menschen jubelten ihm nun zu.

Gustav kümmerte sich nicht viel darum. Soldaten sollten zu solchen Dingen keine Meinung haben. Sie durften ja nicht einmal wählen.

Wieder zurück in der kleinen Stadt Bückeburg mit dem Fürstenschloss, hatte Gustav ganz anderes im Kopf: Auf dem Schützenfest traf er endlich das Mädchen wieder, das er schon so lange aus der Ferne bewundert hatte. Einmal hatte sie ihn abgewiesen. Doch jetzt tanzten sie miteinander, und an der Schießbude auf dem Rummelplatz schoss Gustav einen großen Teddybären für Klara. Sie blieben den ganzen Abend zusammen. Er brachte sie nach Hause und sie verabredeten sich für den nächsten Tag.

Gustav war im siebenten Himmel.

Geschichte Nr. 3
Der Uhu

ROBERT
ERLENRODE 1955

Der Uhu ist ein Nachtvogel", erklärte der Lehrer. „Er jagt in der Dämmerung. Der Uhu ist tagblind."

Tagblind. Dieses Wort hatte Robert noch nie vorher gehört. Es schwirrte ihm durch den Kopf. Tagblind. Einer hockt am helllichten Tag immer nur in der Ecke, tut nichts, wartet auf die Dämmerung.

Abends im Bett sagte Robert zu Georg: „Weißt du was? Opa Rudolf ist ein Uhu."

Georg lachte. „Genau", sagte er.

Seitdem war Opa Rudolf für sie „der Uhu". Georg und Robert konnten stundenlang über ihn reden. Der Uhu hatte einen stechenden Blick aus kleinen Augen und anstelle des Hackschnabels einen wippenden Schnurrbart, in dem sich während der Mahlzeiten alles Mögliche ansammelte: Nudeln, Sauerkraut, Spinat, Bierschaum. Oma Anna reichte ihm dann schweigend ihr Taschentuch und er wischte sich damit über den Mund.

Der größte Feind des Uhus war die Mutter. Obwohl er nie ein Wort mit ihr redete, war allen klar: Der Uhu hätte die

Mutter am liebsten aus dem Nest geschubst. Die Mutter war eine Fremde aus der Stadt und sie konnte arbeiten, was sie wollte, für Opa Rudolf gehörte sie nicht hierher auf den Bauernhof. Alles was die Mutter machte, war „neumodisch" und damit wollte Opa Rudolf nichts zu tun haben. Manchmal, ohne dass man richtig wusste, warum, ließ sich Opa Rudolf unten im Haus tagelang nicht sehen. Dann musste ihm Oma Anna das Essen auf ihr gemeinsames Großelternzimmer tragen.

„Der Uhu, Menschenskind", sagte Georg, „der kommt aus einer ganz anderen Zeit." So wie Georg das sagte, hörte es sich an, als habe Opa Rudolf noch in einer Höhle gelebt und mit Dinosauriern gekämpft.

Einmal hatte Robert in der alten Tischlerwerkstatt nach Sperrholz für eine Laubsägearbeit gesucht. Die Werkstatt wurde kaum noch benutzt, war mehr Abstellraum für Gerümpel aller Art. Spinnweben hingen in den Ecken. Die Fensterscheiben waren blind. Es roch nach Staub, ein bisschen auch noch nach Holz und Leim und Sägespänen. Bretter, Kisten, Werkzeuge standen und lagen herum, in die Hobelbank eingekerbt waren die Spuren der Arbeit aus früherer Zeit.

Der Urgroßvater war Tischler gewesen. Seine Stühle, Tische und Schränke standen in vielen Bauernhäusern der Gegend. Opa Rudolf hatte nur noch nebenbei als Tischler gearbeitet. Der Vater plante, diesen Teil des Hauses demnächst abzureißen und neu zu bauen. Dann würde die Tischlerwerkstatt endgültig verschwinden und mit ihr die letzte Spur der ganz anderen, der Urgroßvaterzeit.

Fast zehn Minuten hatte Robert in allen Winkeln der Werkstatt gekramt, da merkte er plötzlich, dass Opa Rudolf auf einem Stuhl in der Ecke saß und ihn beobachtete. Robert erschrak.

„Opa!", sagte er. Einen Moment lang hatte er gedacht, sein Großvater sei eingeschlafen oder vielleicht sogar tot. Aber die Uhuaugen blinzelten, der Schnauzbart wippte, Opa Rudolf nickte ihm zu und vielleicht lag in seinen Augen sogar ein Lächeln.

„Nimm nur", sagte Opa Rudolf. „Nimm, was du gebrauchen kannst."

„Ja", sagte Robert, nahm wahllos und schnell zwei, drei Holzstücke und beeilte sich, aus der Werkstatt zu kommen. Immer wenn ihm die Szene wieder einfiel, lief ihm eine Gänsehaut über den Rücken. Als würde der Uhu nur auf die Dämmerung warten, um auf Jagd gehen zu können.

„Robert, Menschenskind, der Uhu ist harmlos", sagte Georg. „Er tut keinem was. Er guckt nur noch zu."

Früher hatte Opa Rudolf nicht zugeguckt, früher hatte er alles bestimmt und Gustav, sein Sohn, musste gehorchen. Aber früher, das war in der ganz anderen, in der Urgroßvaterzeit vor dem Krieg gewesen. Das war so weit weg, dass Robert es sich kaum vorstellen konnte.

Wenn der Krieg nicht gewesen wäre, würden sie jetzt in der Stadt, in Bückeburg, leben, dort wo Anita und Hans und auch noch Georg geboren waren. Und in ihrem Haus würde heute Vaters Bruder Heinrich wohnen. Vielleicht kämen sie dann sonntags mal hierher zu Besuch. Komisch, wenn Robert sich das vorstellte: sie als Städter hier zu Besuch in Erlenrode, er und Georg mit weißen Kniestrümpfen wie Cousin Eberhard aus Bückeburg.

Aber Vaters Bruder Heinrich war im Krieg vermisst. Sein letzter Brief war aus der Nähe von Moskau gekommen. Danach hatte niemand mehr etwas von ihm gehört.

Also hatte der Vater den Hof übernehmen müssen. Also wohnten sie jetzt alle hier und Robert konnte sich überhaupt nichts anderes vorstellen.

Jetzt war Opa Rudolf alt. Meistens saß er im Großelternzimmer am Fenster und schaute auf den Hof hinunter. Bei gutem Wetter saß er auf der Bank vor der Hauswand und blinzelte in die Sonne oder er stand an die Ecke vom Hühnerstall gelehnt und sah über die Wiesen zum Wald hinüber. Selten sprach er auch nur ein Wort.

Eine Zeit lang hatte Georg wilde Geschichten erzählt, die davon handelten, wie es wäre, wenn Onkel Heinrich eines Tages doch wieder auftauchte. Er war ja nur „vermisst" und manchmal, stand in der Zeitung, kamen vermisste Soldaten noch nach vielen Jahren in russischer Gefangenschaft wieder nach Hause. „Stell dir vor, Robbi, Menschenskind, dann zwitschern wir alle ab in die Stadt."

Das wollte Robert nicht. Auch wenn es gemein war, sich nicht zu wünschen, dass Onkel Heinrich noch lebte.

Heinrich war der folgsame Sohn gewesen, der Sohn, der alles so machte, wie seine Eltern es von ihm erwarteten. „Heinrich war der Brave", sagte der Vater oft. „Und ich hatte meinen eigenen Kopf."

Der Vater mit seinem eigenen Kopf hatte die Mutter geheiratet, eine, die nicht mal melken konnte, die Angst hatte vor Schweinen und Kühen. Eine, die seinem Vater nicht passte.

Opa Rudolf schmeckte nicht, was die Mutter kochte.

Opa Rudolf gefiel nicht, was die Mutter sagte.

Opa Rudolf sagte, die Mutter habe dem Vater den Kopf verdreht.

Wenn Opa Rudolf sich in Zorn geredet hatte, schlug er mit der Faust auf den Tisch, dass das Kaffeegeschirr klirrte, sprang auf, verließ mit stampfenden Schritten die Küche und polterte die Treppe hinauf. Dann folgte Oma Anna ihm seufzend und es kam vor, dass noch eine halbe Stunde lang sein Schimpfen im ganzen Haus zu hören war.

Dann tröstete der Vater die Mutter, und wenn sie weinte, nahm er sie in den Arm. Robert fürchtete sich vor Opa Rudolf und seiner Wut.

„Lass ihn doch grummeln, Menschenskind", sagte Georg. „Der Uhu ist längst außer Betrieb."

Trotzdem vermied es Robert lange Zeit, seinem Großvater zu nahe zu kommen.

Aber dann rettete ihm Opa Rudolf das Leben.

Das war an einem Abend im Mai. Die Schwalben flitzten

unter dem Kuhstalldach hin und her, vollführten ihre Flugkunststücke über dem Hof. Moppi, der Hofhund, lag träge vor seiner Hütte und glotzte zu den Schwalben hinauf. Vielleicht träumte er davon, sich wie sie in die Luft zu erheben. Robert kam vom Spielen mit Albert und Fritz nach Hause. Der Tag war gut gewesen und Robert freute sich auf den nächsten. Man konnte den Frühling riechen, die Erde, das frische Gras, die Blumen, die Blätter.

Oma Anna stand in der Kuhstalltür. Als sie Robert sah, winkte sie ihn zu sich. Sie nahm den Stock von der Fensterbank und drückte ihn Robert in die Hand.

„Komm, Junge", sagte Oma Anna. „Nimm mir einen Weg ab. Hol die Kühe rein."

„Ich?", fragte Robert. Noch nie hatte er allein die Kühe von der Weide geholt.

Oma Anna nickte ihm aufmunternd zu. „Du bist doch jetzt ein großer Junge!"

Dem konnte er nicht widersprechen und zog los. Oma Anna verschwand im Kuhstall, um rasch noch die Streu aufzulockern.

Die Kühe waren auf der hinteren Weide. Es waren drei junge Rinder. Gustel, Heidelinde und Dolores. Sie waren heute zum ersten Mal draußen. Robert schob den Drahtring vom Torpfosten hoch und öffnete das Stacheldrahttor.

Die Rinder standen hinten am Bach und kümmerten sich nicht um ihn.

„He, herkommen!", rief Robert. „Es geht in den Stall!"

Gustel hob den Kopf, sah ihn an, kaute aber ruhig weiter.

Robert schwenkte den Stock und lief auf die Kühe zu. „He, habt ihr nicht gehört? Ihr sollt reinkommen!"

Nur leicht berührte er mit dem Stock Dolores am Rücken. Doch die zuckte zusammen, schlug mit den Hinterbeinen aus und rannte in übermütigen Bocksprüngen im Kreis um Robert herum.

Das war das Signal für Heidelinde und Gustel. Auch sie sprangen nun mit schnaubendem Atem wild um Robert herum. Plötzlich war er eingekreist. Es gab kein Entrinnen.

„Seid ihr verrückt geworden?", schrie Robert. Aus Angst und purer Ratlosigkeit ließ er den Stock über seinem Kopf kreisen.

Auf einmal senkte ein Rind – war es Gustel, Heidelinde oder Dolores? – den Kopf und stieß Robert heftig vor die Brust. Er torkelte nach hinten, fiel auf den Rücken, der Stock glitt ihm aus der Hand. Dann spürte er einen Schlag gegen die Stirn und einen heftigen Schmerz. Die jungen Kühe sprangen über ihn hinweg, ihre Huftritte ließen die Erde erbeben.

Panik stieg in ihm auf. Robert schrie. Er fühlte sich hilflos und ausgeliefert, sein einziger Gedanke war: Ich will nicht … ich will nicht … ich will nicht sterben!

Er kauerte sich zusammen, machte sich klein, rollte sich auf die Seite, schützte mit beiden Armen sein Gesicht. Huftritte trafen ihn im Rücken. Er presste die Augen zu, er schrie, aber er hörte seine Stimme nicht mehr. Die Tiere setzten über ihn hinweg, kamen mit den Hinterbeinen dicht neben ihm auf. Der Schrecken nahm kein Ende.

Die hintere Wiese lag gut zweihundert Meter vom Haus entfernt. Oma Anna war im Kuhstall. Sie würde ihn nicht hören. Er war ganz allein.

Robert zwang sich, die Augen wieder zu öffnen. Die Welt war ihm auf einen kleinen Ausschnitt geschrumpft: hohe Grashalme, ein Maulwurfshaufen wie ein Berg. Er hob den Kopf, doch wie zur Strafe traf ihn ein Hufschlag gegen die Schläfe, Erdbrocken flogen in seinen schreienden Mund. Noch nie hatte er eine solche Verzweiflung gespürt. Es kam ihm vor, als läge er eine Ewigkeit schon unter den wild gewordenen Tieren, als könne er weiter nichts tun, als auf das schlimme Ende zu warten.

Den Großvater hörte er erst, als der schon dicht neben ihm stand und die Peitsche knallen ließ. „He, wollt ihr wohl!", rief Opa Rudolf. „Ich werd euch Beine machen!"

Die Rinder sprangen weiter in übermütigen Sätzen über die Wiese, aber sie ließen von Robert ab und Robert ergriff die ausgestreckte Hand seines Großvaters, ließ sich hochziehen und der Großvater drückte ihn an seinen Bauch. Opa Rudolfs Weste roch nach Mottenkugeln und nach Tabak. Seine Hand strich über Roberts Haar. Einen Moment lang presste Robert sein Gesicht ganz fest in den Uhu-Geruch.

Am Abend war es so gut wie schon lange nicht mehr. Oma Anna machte sich Vorwürfe. „Junge", sagte sie. „Was habe ich dir eingebrockt! Und was bist du tapfer gewesen!" Sie drückte die kalte Klinge des Schlachtermessers gegen Roberts Stirn, damit sich die Beule nicht auswachsen konnte.

Alle bewunderten Robert ein bisschen, alle hatten sie nachträglich ein bisschen Angst um ihn, selbst Anita und Hans. Anita schenkte ihm eine halbe Tafel Schokolade, Vollmilch-Nuss, und Hans drei Tierbilder für sein Sammelalbum.

„Menschenskind", sagte Georg. „Eines Tages wirst du noch Stierkämpfer, Robbi!"

Aber das Beste war: Die Mutter gab dem Uhu die Hand und bedankte sich dafür, dass er Robert gerettet hatte, und der Uhu nahm ihre Hand und nickte ihr zu. Auch wenn er nichts sagte, einen Moment lang hielten alle die Luft an.

Geschichte Nr. 4
Ein dunkles Geheimnis

KLARA
BÜCKEBURG 1934

Das können wir uns nicht leisten." Diesen Satz hörte Klara immer wieder. Meistens sagte ihre Mutter ihn und er bedeutete viel mehr als „Du darfst nicht ins Kino" oder „Es gibt keine Schokolade", er bedeutete auch: „Wären wir doch in Rakwitz geblieben, da, wo es uns gut ging, da, wo alle Leute Vaters Würste, Schinken und Koteletts gekauft haben."

Hier in der kleinen Fürstenstadt Bückeburg waren die Leute misstrauisch und viel zu wenige kauften bei ihnen, bei Fremden, die von weither gekommen waren. Da konnten die schlesischen Bockwürste so gut sein, wie sie wollten. Sie hatten Schulden gemacht, um den Laden zu kaufen und das Schlachthaus. Und nun blieb das Geld aus, um die Schulden zurückzahlen zu können.

Eines Tages hatte Klaras Mutter gesagt: „Wir können uns auch keine Verkäuferin mehr leisten." Gegen den Willen des Vaters war die Verkäuferin, ein Mädchen aus der Stadt, entlassen worden und an ihre Stelle war Klara getreten. Statt zur Schule zu gehen, stand sie nun von morgens bis abends hinter der Theke, verkaufte Wurst und Fleisch, und wenn Feierabend war, schrubbte sie den Laden, wischte und putzte, damit am nächsten Tag alles wieder blitzblank war.

Klaras Klassenlehrerin hatte versucht, die Mutter umzustimmen. „Klara ist so ein begabtes Mädchen", sagte sie. „Nur noch ein halbes Jahr, dann macht sie Abitur. Das nutzt ihr für das ganze Leben."

Aber die Mutter hatte sich nicht erweichen lassen. „Und woher sollen wir das Geld nehmen?"

Der Vater hatte nicht viel dazu gesagt. Er hatte Klara nur traurig angesehen und wie entschuldigend die Schultern hochgezogen. Der Vater war ein ernster, schweigsamer Mann. Morgens schoss er Schweine tot, am Vormittag stand er mit seinem Gehilfen im Schlachthaus, zersägte Knochen, stopfte Würste und am Nachmittag verhandelte er mit den Bauern und suchte Schweine aus. Den Laden überließ er seiner Frau. Mit Geld wollte er möglichst wenig zu tun haben.

Friedhelm und Lutz, Klaras Brüder, waren bei den Soldaten und kamen manchmal am Wochenende zu Besuch. Wenn sie von ihren Erlebnissen berichteten, hörten alle gespannt zu. Die Mutter war stolz auf ihre Söhne und erzählte jedem, der es hören wollte, von den Erfolgen der beiden.

Von Klara erzählte sie nie. Beim Wurstverkaufen waren keine Heldentaten zu erleben. Wurstverkaufen war nur mit Sorgen verbunden.

Nur am Wochenende hatte Klara Zeit für sich. Dann traf sie sich mit ihren Freundinnen aus der Schulzeit, und wenn irgendwo in der Nähe ein Fest war, gingen sie zum Tanzen. Manchmal steckte ihr der Vater dann ein Geldstück zu, damit sie sich eine Limonade kaufen konnte. Die Mutter, die Finanzministerin, durfte es nicht sehen.

Das große Unglück begann ganz harmlos, eigentlich sogar mit einer erfreulichen Sache. Die Zwillinge des Ratsherrn Hammerstein feierten Doppelhochzeit und der Ratsherr, der eine Zeit lang in derselben Gegend in Schlesien gelebt hatte wie sie, hatte ihnen den Auftrag erteilt, das Büfett für 150 Hochzeitsgäste auszurichten. Alles hatte gut geklappt, der Ratsherr war zufrieden und hatte dem Vater noch am Abend einen dicken Packen Geld in die Hand gedrückt. Statt es aber auf die Bank zu tragen, ging der Vater am nächsten Tag in ein Kaufhaus und kaufte der Mutter zum Geburtstag ein neues Kleid.

Der Geburtstag war zwei Tage später am Sonntag, und als die Mutter das Kleid sah, wurde sie hysterisch. Klara und ihr Bruder Lutz standen daneben, verblüfft und sprachlos.

„Du bist wohl nicht bei Trost!", schrie die Mutter den Vater an. „Wie kannst du mir so ein teures Kleid kaufen und wir haben hinten und vorn nichts als Schulden!"

Ratlos sah der Vater sie an. „Aber Luise", sagte er, „ich wollte doch nur…"

„Was wolltest du?", brauste die Mutter auf. „Du wolltest auch mal den Krösus spielen, was? Dabei pfeifst du aus dem letzten Loch!"

„Luise…", sagte der Vater.

„Luise, Luise", machte sie ihn nach. „Kaum haben wir mal ein paar Pfennige, schon wirft der Herr sie zum Fenster raus!"

Sie hatte sich in eine Wut gesteigert, aus der sie nicht mehr heraus kam.

Der Vater schloss die Augen. „Aber Luise, wozu sind wir denn noch auf der Welt, wenn wir uns nicht mehr die kleinste Freude gönnen?"

In der Stimme des Vaters lag etwas, das Klara noch nie darin gehört hatte. Tiefe Verzweiflung. Die Mutter hatte es offenbar überhört. Mit beiden Händen knüllte sie das Kleid zusammen und warf es in die Kaufhausschachtel.

„Morgen bringst du das Kleid zurück!" Sie nahm die Schachtel vom Tisch und hielt sie ihm hin.

Der Vater erstarrte. Reglos stand er da, den Blick von weither auf sie gerichtet, aber sie sah an ihm vorbei und stampfte trotzig mit dem Fuß auf.

Mit unheimlich ruhiger Stimme sagte der Vater: „Nein."

„Du bringst das Kleid zurück!"

Der Vater antwortete nicht mehr. Er drehte sich um und ging mit entschlossenen Schritten aus dem Wohnzimmer. Sein Gesicht war wie eine Maske.

„Das wollen wir doch mal sehen!", sagte die Mutter und warf die Kleiderschachtel auf den Tisch zurück. „Habe ich nicht gesagt, dass ich nichts geschenkt haben will? Habe ich das nicht?"

„Ja, aber …", sagte Klara.

„Nichts ja, aber!", schimpfte die Mutter. „Habe ich es gesagt oder nicht?"

So war sie nun einmal. Wenn sie sich in Rage geredet hatte,
konnte niemand sie bremsen.

„Er wollte dir doch nur …", versuchte Klara es trotzdem.

„Er wollte, er wollte", ereiferte sich die Mutter. „Ein Traum-
tänzer ist er. Nichts als Hirngespinste hat er im Kopf. Ich kann
reden und reden. Aber der Herr tut, als wäre er Graf Koks!"

„Er hat es doch nur gut gemeint", sagte Klara.

„Und?", sagte die Mutter. „Was nutzt uns das? Jeden Pfennig müssen wir sparen!"

Es wurde der traurigste Geburtstag, den man sich vorstellen kann. Lutz ging zum Bahnhof, um Friedhelm abzuholen.
Die Mutter schimpfte noch eine Weile vor sich hin und beruhigte sich nur langsam. Klara ging in die Küche und bereitete
das Mittagessen vor. Der Vater ließ sich nicht blicken.

Unruhig lief die Mutter in der Wohnung hin und her,
wurde immer stiller und sagte schließlich gar nichts mehr. Als
Klara die panierten Schnitzel in die Pfanne legte, blieb die
Mutter neben ihr stehen und seufzte tief. Wahrscheinlich bereute sie nun doch, dass sie so heftig gewesen war. Immer
wieder passierte ihr das. Dabei wollte sie doch nur das Beste
für ihre Familie.

Als Friedhelm und Lutz vom Bahnhof kamen, hatte die
Mutter Tränen in den Augen. Friedhelm schenkte ihr eine
Brosche, ein ovales Porzellanbild mit dem Kopf der jungen
Fürstin, von einem Goldrand eingefasst.

„Von uns dreien", sagte Friedhelm.

Die Mutter war in Tränen aufgelöst. Sie umarmte und küsste ihre Kinder, eins nach dem anderen. Eine Weile drehte sie die Brosche in den Händen, dann steckte sie sie an ihre Bluse. Verstohlen sah sie zum Wohnzimmertisch, auf dem das Kleid lag. Wie gut würde die Brosche auf dem geblümten Seidenstoff aussehen!

„Geht, Jungs", sagte die Mutter. „Holt den Vater."

Während Friedhelm und Lutz fort waren, stand die Mutter am Küchenfenster, sah in den Garten hinaus, knetete die Hände und legte sich offenbar die Worte zurecht, mit denen sie ihren Mann um Verzeihung bitten wollte.

Endlich kamen Friedhelm und Lutz zurück. Sie blieben in der Küchentür stehen. Klara konnte alles aus ihren Gesichtern lesen – sie waren leichenblass.

„Der Vater …", sagte Friedhelm. „Er hat sich umgebracht."

„Im Schlachthaus", sagte Lutz. „Mit dem Schussapparat."

Klara war es, als würde in diesem Moment die Welt stehen bleiben, als würde jemand ihr Leben abschneiden.

Die Mutter schrie auf wie ein Tier. „Nein!" Sie zitterte am ganzen Körper. „Nein! Nein! Nein!"

Dann rannte sie los. Klara, Friedhelm und Lutz liefen hinter ihr her, über den Hinterhof, an den Mülltonnen vorbei.

Im Schlachthaus sahen sie es. Auf den nackten Steinen lag der Vater in einer Blutlache. Neben ihm der Schussapparat.

Die Mutter warf sich auf ihn, rüttelte ihn an der Schulter,

rief seinen Namen, aber der Vater wurde nicht wieder lebendig. Sein Körper war kalt und starr.

Am Nachmittag kam nichts ahnend Gustav mit zwei Blumensträußen. Einen für die Mutter zum Geburtstag, einen für Klara. Klara hatte vergessen, dass sie verabredet waren. Als sie ihn sah, schrak sie zusammen und es war ihr, als gehöre er zu dem anderen Leben, das es für sie ab heute nicht mehr gab. Sie lief vor ihm weg und schloss sich in ihrem Zimmer ein.

Als Gustav vor Klaras Mutter stand, starrte sie ihn an, als habe sie ihn noch niemals gesehen. „Gehen Sie, junger Mann", sagte sie. „Gehen Sie weit fort. Wir bringen Ihnen nichts als Unglück."

Aber Gustav war geblieben.

Lange stand er vor Klaras Tür und redete mit ruhiger Stimme auf sie ein. Endlich öffnete Klara die Tür.

„Was auch passiert", sagte Gustav. „Ich werde immer für dich da sein."

Geschichte Nr. 5
Der rollende Zug
oder
Wie man am Leben
vorbeifahren kann

GUSTAV
BÜCKEBURG, PARIS, OSTPREUSSEN
1936–1941

Im Frühling 1936 heirateten Klara und Gustav. Die Hochzeitsgäste waren schon eingeladen, da gab es unverhofft Alarm und Gustav, der Bräutigam, der Soldat, durfte die Kaserne nicht verlassen. Es könne zum Krieg kommen, wurde gemunkelt. Die Hochzeitsgäste mussten ausgeladen werden. Nach drei Tagen Ungewissheit wurde der Alarm aufgehoben und die Hochzeitsgäste wieder eingeladen.

Es wurde eine kleine, aber fröhliche Feier. Die Trauung fand in der Kirche statt, in der auch die Prinzen und Prinzessinnen aus dem Fürstenschloss heirateten. Gustav, dem Jungen vom Dorf, kam es vor, als wäre er nun endgültig in der großen weiten Welt hinter dem Wald angekommen.

Nach der Hochzeit zogen Klara und Gustav in eine kleine Wohnung. Statt in der Kaserne zu übernachten, konnte Gustav jetzt zu Hause schlafen und morgens ging er wieder in die Kaserne wie andere Leute ins Büro. Sie lebten nicht wie die Fürsten, aber sie freuten sich über jede neue Anschaffung, jede Tischdecke, jedes Bild an der Wand, jeden Stuhl, jede Kaffeetasse.

Im April 1938 wurde Anita geboren, ihr erstes Kind. Gustav war überglücklich. Aber lange konnte er seine Vaterfreuden nicht genießen, schon bald bekamen er und seine Kameraden den Befehl, in der Nähe der französischen Grenze Betonbunker zu bauen und Erdwälle auszuheben. „Damit wir uns verteidigen können, wenn die Franzosen uns überfallen", wurde ihnen gesagt.

Gustav war ein ungehorsamer Sohn, aber ein braver Soldat. Er tat, was die Vorgesetzten ihm sagten, und fragte nicht viel. Die Vorgesetzten würden schon wissen, was richtig war und was falsch. Sie waren klüger, manche hatten studiert, und in der großen Politik traute er, Gustav vom Dorf, sich nicht mitzureden. Und bislang war er so gut vorangekommen im Soldatenleben. Jetzt war er Oberfeldwebel. Mit Stolz trug er zwei Sterne auf der Schulterklappe seiner Uniform.

Trotzdem drückte er wieder die Schulbank. Wann immer es ging, besuchte er an zwei Nachmittagen in der Woche eine Fachschule und lernte, was er auf der Volksschule im Dorf nicht gelernt hatte: ein bisschen Englisch, How do you do?, und Mathematik, Gleichungen mit mehreren Unbekannten. In zwei Jahren, wenn die Soldatenzeit für ihn zu Ende sein würde, wollte er nicht dumm dastehen, sondern auf einen Beruf vorbereitet sein, mit dem er genug Geld für sich und seine Familie verdienen würde.

Klara half ihm. Sie hörte Vokabeln ab und ging mit ihm die Rechenaufgaben durch. Auch Friedhelm und Lutz gaben Gustav Nachhilfeunterricht. Gustav war wie ein Schwamm, der alles Wissen gierig aufsaugte. Keinen Gedanken verschwendete er daran, wieder in seinem kleinen Dorf zu leben.

Aber dann kam alles ganz anders.

Im März 1939 waren Gustav und seine Kameraden wieder an die französische Grenze geschickt worden, zum Bunkerbauen und Stacheldrahtverlegen. Als sie nach Bückeburg zurückkamen, sagte Gustavs Vorgesetzter zu ihm: „Wenn du deinen Urlaub für dieses Jahr noch haben willst, dann nimm ihn jetzt. Es könnte sein, dass du ihn sonst nicht mehr bekommst." Warum, darüber schwieg er sich aus. Aber Gustav merkte, dass der Vorgesetzte mehr wusste, als er sagen durfte.

Mit Klara und Anita fuhr Gustav nach Berlin. Sie wohnten bei Klaras Tante Ida und ihrem Mann Adolf in deren kleiner Zweizimmerwohnung. Es war eng, aber Tante Ida freute sich so über ihren Besuch, dass sie Tränen in den Augen hatte. Und der lange Onkel Adolf nahm Anita huckepack und trabte mit ihr durch den Park. Gustav zeigte Klara alle Orte, an denen er damals, 1933, gewesen war. Und Klara zeigte Gustav, wo in Berlin sie gewohnt hatten, nachdem sie aus Schlesien gekommen und bevor sie nach Bückeburg gezogen waren. Sie spazierten durch das Brandenburger Tor, am Wannsee entlang, über den Kurfürstendamm und sie gingen alle zusammen in den Zoo. Es sollten die letzten unbeschwerten Tage sein für lange Zeit.

Wieder zu Hause, am 25. August 1939, Gustav war gerade vom Dienst gekommen und freute sich auf den Abend mit

Klara und Anita, da klingelte es an der Haustür. Draußen stand ein Mann in Uniform.

„Herr Oberfeldwebel", sagte er. „Sie müssen sofort in die Kaserne kommen. Es ist Mobilmachung."

Klara erschrak. Gustav hatte es ja schon geahnt. Mobilmachung. Das war ein harmloses Wort. Aber es bedeutete Krieg. Ab sofort war das Soldatsein nicht nur ein Spiel, nicht nur Übung für den Fall der Fälle. Der Fall der Fälle war eingetreten. Der Mann im blauen Anzug mit der schwarzen Haartolle über dem rechten Auge hatte den Befehl zum Einmarsch in Polen gegeben. Ab sofort konnte es auch Gustav passieren, dass ihm befohlen wurde, im Kampf fremde Soldaten zu erschießen. Ab sofort konnte auch Gustav im Kampf erschossen werden.

Der Marschbefehl, den Gustav und seine Kameraden bekamen, führte sie nicht nach Polen, sondern in die andere Richtung, an die französische Grenze. Eine Zeit lang lebten sie in den Betonbunkern, die sie selber gebaut hatten. Ein paar Mal kam es zu Schießereien mit französischen Soldaten über die Grenze hinweg. Danach passierte wochenlang nichts. Der Krieg, so empfand es Gustav, bestand hauptsächlich aus Warten. Im Frühling wurden sie in ein Dorf an der Mosel verlegt. Sie tranken viel Wein und Gustav fand neue Freunde. Vielleicht, dachte er, wird der Krieg ja gar nicht so schlimm.

Dann gab Adolf Hitler den Befehl zum Einmarsch auch in Frankreich. Panzer und Flugzeuge überquerten die holländische, die belgische und die französische Grenze, beschossen

Dörfer und Städte, warfen Bomben ab und Kolonnen deutscher Soldaten drangen immer weiter nach Frankreich vor.

Gustav war nicht dabei. Er blieb in Deutschland und hatte den Auftrag, junge Soldaten auszubilden, damit sie möglichst bald in den Krieg ziehen konnten.

Als Gustav Monate später wieder zu seiner Kompanie nach Frankreich geschickt wurde, erfuhr er zu seinem Entsetzen, dass fünf seiner Kameraden tot waren, darunter ein Freund, mit dem er an der Mosel Wein getrunken hatte. Zwanzig andere waren verletzt und wurden in Lazaretten behandelt. Der Krieg, dachte Gustav, besteht hauptsächlich aus Warten, aber in einem einzigen Moment kann alles vorbei sein.

Das Telegramm erreichte ihn erst, als Hans schon fünf Tage auf der Welt war. Gustav freute sich närrisch über die Geburt seines Sohnes. Er lud seine Freunde ein, sie leerten zweiundzwanzig Flaschen französischen Wein. Dann setzte sich Gustav in den Zug und nach zwei Tagen war er endlich bei Klara, Anita und Hans. Hans war ein dickes Moppelbaby, ruhig, kein bisschen zappelig wie Anita. Sie feierten Taufe, dann waren die Urlaubstage auch schon vorbei und Gustav musste nach Frankreich zurück.

Der Krieg war seltsam. Die nächsten Wochen kamen Gustav fast wie Urlaub vor. Wenn Klara und die Kinder noch dabei wären ... Zusammen mit einem Vorgesetzten wohnte Gustav in einer alten Villa in einem kleinen Fischerdorf an der französischen Küste. Bei Ebbe gingen sie weit ins Meer hinaus und beobachteten die Fischer bei der Arbeit. Staunend sah Gustav, wie die hohen Wellen weiß schäumend gegen die felsige Küste schlugen und ins Meer zurückschwappten. Sie aßen und tranken ausführlich, und damit sie nicht zu viel Speck ansetzten, spielten sie nach dem Essen Tischtennis. Weihnachten und Sylvester feierten sie in der Villa. Gustav übte Schreibmaschinetippen und schrieb lange Briefe an Klara. Dass Krieg war, davon spürte er hier kaum etwas.

Im Januar fuhr Gustav mit einem Koffer voller Lebensmittel, mit Kleidern und Schuhen für Klara, Anita und Hans auf Urlaub nach Hause. Zehn Pfund Apfelsinen hatte er dabei, die gab es in Deutschland, wie so vieles andere, schon lange nicht mehr.

Noch im Urlaub bekam Gustav ein Telegramm, in dem es hieß, dass seine Kompanie nicht mehr in dem kleinen Fischerdorf, sondern in der Nähe von Paris in einem Schloss untergebracht sei. Gustav verabschiedete sich von seiner Familie und ahnte nicht, was ihm bevorstand.

Paris war zum Staunen. Der Dienst war nicht anstrengend. Sie mussten Straßen und Gebäude überwachen, manchmal Ausweise kontrollieren. Vom Leben der Franzosen erfuhr er nur wenig und er sprach kein Französisch. Sie hatten viel Freizeit. Gustav fuhr mit der Metro kreuz und quer durch die große Stadt, stieg auf den Eiffelturm, besichtigte das Schloss Versailles und war sonntags auf der Pferderennbahn in Vincennes. Es war Frühling, die Krokusse streckten ihre Köpfe aus der Erde und Gustav hatte das Gefühl, wieder ein Stück weiter in die große weite Welt vorgedrungen zu sein. Ein wunderbares Gefühl von Leichtigkeit überkam ihn, bei dem er alles Schwere, alle Angst und Sorge vergessen konnte.

Unverhofft hieß es: „Antreten auf dem Schlosshof! In einer halben Stunde hat alles abmarschbereit zu sein!"

Nach einem Fußmarsch von zwanzig Kilometern wurde Gustav und seinen Kameraden befohlen, in Eisenbahnwaggons zu steigen. Es waren Viehwagen, sie mussten auf dem Boden sitzen. Der Zug fuhr an und niemand wusste, wohin die Reise ging.

Sie rollten Richtung Osten, durch Frankreich, durch Belgien, durch Holland nach Deutschland hinein. Tagsüber hielten sie oft auf offener Strecke an, nachts fuhren sie meistens.

An einem Sonntagmorgen rollten sie im Schritttempo in den Bahnhof der kleinen Fürstenstadt Bückeburg ein. Gustav stand am Fenster. Keine hundert Meter entfernt sah er das Haus, in dem sie wohnten. Dort waren Klara und die Kinder und wussten nicht, wie nah er ihnen war. Unerbittlich rollte der Zug weiter, das Haus geriet ihm aus dem Blick, das Haus, die Stadt, die Umgebung, in die sie so viele Ausflüge gemacht hatten. Keiner im Viehwaggon wusste, wohin es ging, doch eine dunkle Ahnung hatten sie alle. Niemand wagte, sie auszusprechen. Die da oben würden schon wissen, was sie zu tun und zu lassen hatten. Als Soldat hatte man zu gehorchen und alle Grübelei machte das Leben nur schwerer.

Fünf Tage lang waren sie mit dem Zug unterwegs. Dann, mitten in der Nacht, hielten sie auf einem Bahnhof an. „Alles aussteigen!", hieß die Parole.

Es war dunkel, es war kalt, es herrschte dichtes Schneetreiben. Nur mit Mühe konnte Gustav den Namen des Ortes auf dem Bahnhofsschild entziffern. *Sensburg.* Wenn ihn nicht alles täuschte, war das in Ostpreußen – nahe der Grenze zu Russland. Die Soldaten wurden in den umliegenden Dörfern in Privathäusern einquartiert. Gustav kam zu einem Getreidehändler, der ihn gut bewirtete. Hier in dieser einsamen Gegend war vom Krieg bislang nichts zu spüren gewesen. Die Menschen sprachen einen eigenartigen breiten Dialekt und sie sahen aus, als hätten sie es am liebsten, wenn man sie in Ruhe ließ, als wären sie ganz zufrieden mit ihrem einfachen Leben.

Die Soldaten brachten jetzt viel Lärm in diese abgelegene Weltecke. Und sie blieben Woche für Woche. Noch immer wusste niemand genau, was sie hier sollten. Deutschland und Russland hatten doch einen Nichtangriffspakt geschlossen. Und an Verträge muss man sich halten, dachte Gustav. Das konnte doch nicht sein, dass die da oben logen und betrogen.

Am Sonntag, den 22. Juni 1941, morgens um sechs Uhr und fünf Minuten, gehörte Gustav zu den ersten deutschen Soldaten, die die Grenze zu Russland überschritten. Über ihm dröhnten die Flugzeuggeschwader. Sie verwandelten die friedliche Landschaft vor ihm in eine Hölle. Bomben fielen vom Himmel, Erde spritzte auf, die Luft zitterte vor Gewalt. Neben ihm ratterten die Panzer und Wagenkolonnen, marschierten mit ernsten Gesichtern seine Kameraden.

Er war dabei. Er war mitten in diesem Feuersturm. Es gab kein Zurück.

Geschichte Nr. 6
Oma Anna
oder
Wie einem das Leben geschenkt
werden kann

ROBERT
ERLENRODE 1955

Robert lag angezogen auf seinem Bett und träumte mit offenen Augen vor sich hin. Er starrte zur Zimmerdecke hinauf. Um die Lampe herum zogen sich Linien durch den grauen Putz, waren Flecke und Unebenheiten – Flüsse, Straßen, Dörfer, Städte, Berge und Seen – eine ganze Welt: Roberts geheime Landkarte, von der selbst Georg nichts ahnte.

In Roberts geheimem Land ging alles zu, wie es zugehen sollte: Sein Vater lief nicht einfach den Mächigen hinterher. Er gehörte zu den ganz wenigen, die gegen Hitler und seine Nazis etwas getan hatten. Und Robert war mal Tierarzt, mal Politiker und Friedensheld, mal Fußballer, der in den letzten zehn Minuten drei entscheidende Tore schießt. In Roberts Land war nichts unmöglich. Und das Leben war lang und wer weiß …

Heute war Robert in seinem Wachtraum ein Arzt in Afrika wie Albert Schweitzer in Lambarene, über den sie vor ein paar Wochen in der Schule einen Film gesehen hatten. Voller Vertrauen kamen die Menschen zu ihm und er konnte alle Krankheiten heilen.

Es war schwülwarm, vielleicht gab es heute noch ein Gewitter. Robert stand auf, stellte sich ans Fenster, stützte den Kopf in die Hände, stemmte die Ellenbogen auf die Fensterbank und starrte auf die kleine Gasse hinunter. Noch vierzehn Tage dauerten die Sommerferien. Fritz war nicht zu Hause, mit Albert hatte er sich gestern gestritten, Georg war im Zeltlager der Kirchenjugend, Hertha von gegenüber auf irgendeinem Geburtstag eingeladen. Robert brummte der Kopf. Die Luft flimmerte vor Hitze. Er fühlte sich matschig, als würde er jeden Moment zerfließen. Die Hitze war wie eine Lähmung.

Ein vertrautes Bimmeln weckte seine Lebensgeister. Er öffnete das Fenster und das Gebimmel wurde lauter. Wo die kleine Gasse in die Hauptstraße mündete, direkt vor Klaproths Hof, hielt der Eiswagen.

Ein Eis, ein echt italienisches Eis, genau das war es, was er jetzt brauchte. Aber schnell, der Eiswagen hielt nie lange. Und Klaproths Hof war immer der letzte Halt, bevor der Wagen ins nächste Dorf weiterfuhr.

Er hatte kein Geld. Mit Schrecken fiel es ihm ein. Die letzten Pfennige vom Taschengeld hatte er gestern für den Sechserpack Senussi ausgegeben, die Albert und er heimlich hinter Kiesewetters Runkelfinne geraucht hatten. Albert hatte vor Aufregung den Filter abgebissen und Robert hatte ihn dafür ausgelacht. Deshalb war er für Albert jetzt ein „eingebildeter Pinkel". Albert war weggelaufen. Die Schachtel mit noch vier Zigaretten hatte er mitgenommen. Zwei davon gehörten Robert. Wenn er sie an Fritz oder Hertha verkauft hätte, könnte er sich davon jetzt ein großes Eis leisten.

Wenn und Aber zählten nicht. Er hatte kein Geld. Taschengeld gab es immer erst am Sonntagmittag. Heute war Mittwoch. Der Vater würde sich ganz sicher nicht erweichen lassen. Die Mutter und Oma Anna waren beim Himbeerenpflücken hinten im Garten. Falls er sie überreden könnte und bis sie dann im Haus wären, wäre der Eiswagen längst weg.

Nein, es gab einen einfachen Weg. Keiner würde was merken. Fünfzig Pfennig, mehr würde er nicht nehmen. Die Kugel zehn Pfennige – das gäbe ein großes Eis.

Er schlich aus dem Zimmer. Im Flur blieb er stehen und lauschte. Im Haus war alles still. Vorsichtshalber sah er aus dem Flurfenster. Der Uhu, Opa Rudolf, saß auf der Bank vor dem Haus. Der Vater hustete unten in seinem Büro. Niemand war in der Nähe. Langsam und vorsichtig drückte er die Klinke der Tür zum Großelternzimmer hinunter, hob die Tür ein wenig an, damit sie nicht quietschte, huschte ins Zimmer, blickte sich um. Keiner da, natürlich.

Er stand vor der Kommode, spürte, wie sich alles in ihm anspannte, wie sein Atem schneller ging. Er reckte sich, zog die obere Schublade auf. Sie klemmte. Wenn er zu heftig zog, würde die ganze Lade herausfallen. Nach drei Versuchen stand die Schublade endlich offen. Er stellte sich auf Zehenspitzen. Mit der rechten Hand tastete er über den Rand. Die Kanten von Briefumschlägen, Oma Annas Schatulle mit ihrer Sonntagsbrosche, die knisternde Tüte mit den klebrigen Zitronenbonbons und da … das Portemonnaie.

Er nahm es heraus, knipste es auf. Ein Zehnmarkschein

spitzte über den braunen Fächerrand. Im Münzfach war nur ein einziges Geldstück. Eine Mark. Kein Fünfziger.

Lange überlegen ging jetzt nicht. Er nahm das Markstück aus dem Portemonnaie, knipste es wieder zu, hatte den Arm schon ausgestreckt, um es zurückzulegen, da sagte eine Stimme hinter ihm: „Robert, was machst du da?"

Er zuckte zusammen und drehte sich um. Da stand Oma Anna und sah ihn aus erschrockenen Augen an.

„Oma!", stieß Robert aus. „Ich wollte nur ... ich dachte ... nur fünfzig Pfennige ..."

Oma Anna starrte ihn an, als sei er ein Fremder. „Robert", sagte sie kopfschüttelnd. „Das bist du doch gar nicht!"

Robert sah vor sich hin auf die Erde. Das Blut war ihm in den Kopf geschossen. Am liebsten wäre er jetzt unsichtbar gewesen.

„Junge", sagte Oma Anna und legte ihm die Hand auf die Schulter, als müsse sie sich vergewissern, ob er es wirklich sei. „Was ist nur in dich gefahren?"

Robert schluckte. „Ich wollte nur ... weil der Eiswagen ...", stotterte Robert. Er knipste das Portemonnaie auf, warf das Markstück wieder hinein und hielt es Oma Anna hin.

Mit einer Hand nahm sie die Geldbörse, mit der anderen fasste sie Robert ins Haar und zog daran.

„Das machst du nie wieder, hörst du?", sagte Oma Anna. „Du bist doch kein Dieb. Du kannst fragen."

Robert nickte.

„Sieh mich an", sagte Oma Anna.

Langsam hob Robert den Kopf und sah seiner Großmutter in die Augen. Alles Milde und Gütige war daraus verschwunden. Voller Ernst sah sie ihn an.

„Versprichst du mir, dass du so etwas nie wieder tust?"

Plötzlich und ohne dass Robert es verhindern konnte, wie Lava in einem Vulkan, stiegen Tränen in ihm auf.

„Ja", schluchzte er, warf sich gegen Oma Annas Bauch und schlang die Arme um sie. Das Weinen war wie ein heftiges Beben, er zitterte am ganzen Körper. Was hatte er nur gemacht? Ab sofort gehörte er nicht mehr zu den ehrlichen Menschen. Er war ein Dieb. Keiner konnte ihm trauen. Es dauerte eine Weile, bis er Oma Annas Hand auf seinem Rücken spürte. „Junge", sagte Oma Anna. „Es ist gut. Du hast es versprochen. Du wirst es nie wieder tun. Und jetzt wollen wir nicht mehr darüber reden."

Auf einmal kam der Vater die Treppe heraufgepoltert.

Oma Anna schob Robert schnell von sich, steckte das Portemonnaie in ihre Schürzentasche und schob mit der anderen Hand die Kommodenschublade zu.

„Was ist denn hier los?", rief der Vater schon auf dem Flur. Dann stand er vor ihnen.

„Nichts ist los", sagte Oma Anna schnell. „Gar nichts. Robert und ich hatten eine kleine Diskursation."

„Und worüber?", fragte der Vater. Er sah Robert ins verheulte Gesicht und zog die Augenbrauen hoch.

„Das geht keinen was an!", sagte Oma Anna entschieden.

„Mutter?!" Vor Verblüffung blieb dem Vater der Mund offen stehen. Noch nie hatte Robert erlebt, dass Oma Anna dem Vater widersprach. Immer war sie mit ihm einverstanden und verteidigte ihn gegen Opa Rudolf.

„Es ist gut, Gustav", sagte Oma Anna, immer noch ungewohnt streng. „Du hättest es auch nicht gern gehabt, wenn man deine Geheimnisse breittratscht."

Der Vater blies die Luft aus den Backen. Kopfschüttelnd ging er weiter, die Treppe zum Dachboden hinauf.

Robert durchflutete ein warmes Gefühl von Erleichterung und Dankbarkeit, aber er brachte kein Wort hervor.

Oma Anna zog das Portemonnaie aus der Schürzentasche, öffnete es und nahm das Markstück heraus.

„Da", sagte sie und drückte Robert das Geldstück in die Hand. „Jetzt läufst du zum Eiswagen und holst uns fünf Eis. Für jeden zwei Kugeln."

„Danke", sagte Robert viel zu leise. Aber er drückte Oma Annas Hand und sie gab ihm einen Klaps auf den Rücken. Dann lief er los. In seinem Kopf wirbelte alles durcheinander. Ich bin ein Dieb, dröhnte es, als er die Treppe hinunterlief. Aber Oma Anna sagt es keinem. Keiner weiß es. Nur ich. Nur ich. Nur ich und Oma Anna.

Zum Glück war der Eiswagen noch da. Inge und Sigrid, die neben der Kirche wohnten, standen davor. Sie kicherten, als sie Robert sahen, und tuschelten miteinander. Roberts rote Augen sagten alles. Ihm war, als stünde es auf seiner Stirn geschrieben: Traut mir nicht! Ich bin ein Dieb!

Drei Eiswaffeln in einer, zwei in der anderen Hand, machte

Robert kehrt, ohne ein Wort mit den Mädchen zu reden. Zu Hause verteilte er die Eistüten.

„Nanu", sagte der Vater und runzelte die Stirn.

„Von Oma Anna", sagte Robert. „Weil es so heiß ist."

Opa Rudolf brummelte etwas von „unnötig Geld ausgeben", aber dann nahm er die Eiswaffel doch. Nach zweimal Lecken klebte eine halbe Kugel in seinem Schnauzbart.

„Was für eine gute Idee", sagte die Mutter.

Oma Anna nahm die Eiswaffel und nickte Robert schweigend zu.

Den Rest des Nachmittags verbrachte Robert im Wald. Er war froh, mit niemandem reden zu müssen. Eine Zeitlang saß er ganz hinten in ihrem unterirdischen Gang. Hier war es kühl. Hier war es dunkel. Robert, Albert und Fritz, die Oberdorfbande, hatten den kleinen Bunker gebaut. Von außen war er nicht zu erkennen. Erde, Moos, Steine und Laub lagen auf den Brettern. Die von der Unterdorfbande hatten ihn noch nicht entdeckt.

Das Durcheinander in Roberts Kopf, in seiner Brust, wollte keine Ruhe geben. Konnte man etwas, das passiert war, rückgängig machen? War es vielleicht gar nicht wirklich passiert, wenn nur Oma Anna und er davon wussten? Oder gehörte er jetzt nicht mehr zu den ehrlichen Menschen, egal, wie viele davon wussten oder nicht?

Robert blinzelte gegen das Dämmerlicht am Ausgang des unterirdischen Ganges. Dort bewegte sich etwas. Er reckte den Hals, rieb sich die Augen. Da saß eine fette Ratte und stierte ihn an. Etwas in seiner Brust zog sich zusammen. Vielleicht war das jetzt die gerechte Strafe. Ein Rattenbiss war gefährlich. Ratten können tollwütig sein. Ratten, die nicht weglaufen, sind verdächtig.

Er musste hier raus. An der Ratte vorbei. Sie saß immer noch unbeweglich in der Mitte vor dem Ausgang. Robert knetete ein Bällchen aus feuchter Erde und warf es nach der Ratte. Das Tier huschte zur Seite, blieb aber im Schatten links vor der Wand hocken. Vielleicht war da der Eingang zu ihrem Bau. Vielleicht würde sie gleich darin verschwinden.

Nichts passierte. Die Ratte blieb, wo sie war.

Langsam zog Robert die Beine an. Langsam und immer die Ratte im Blick, ließ er sich auf die Knie kippen. Dicht vor der rechten Erdwand kroch er auf Händen und Knien dem Ausgang entgegen.

Die Ratte beobachtete ihn. Einen Moment lang sahen sie sich in die Augen. Ein Schaudern lief Robert über den Rücken. Er schaute weg und robbte so schnell er konnte weiter. Mit dem Kopf stieß er gegen das Brett am Ausgang und merkte es kaum. Er stemmte sich aus der Erdvertiefung, hielt sich nicht damit auf, die Zweige wieder über den Eingang zu decken, und rannte den Hang hinauf. Erst als er den Waldweg erreicht hatte, ging er im Schritttempo weiter.

Zehn Minuten später saß Robert in der Krone seines Kletterbaums und schaute über die Wiesen zu ihrem Haus hinüber. Oft, wenn in der Gegend etwas passiert war, ein Einbruch, ein Diebstahl, eine Betrügerei, sagte der Vater zu seinen

Kindern: „Wir tun so was nicht. Und wenn ich einmal von euch so was höre, dann …" Es war einfach unaussprechlich, was dann passieren würde.

Konnte er jetzt einfach wieder nach Hause gehen, als sei alles wie immer? Heute Morgen noch war er der Robert gewesen, den alle gemocht hatten. Jetzt war er Robert, der heimliche Dieb. Ein winziger Augenblick hatte alles verändert. Er konnte sich selber nicht mehr leiden.

Am Abend im Bett konnte er lange nicht einschlafen. Er wälzte sich hin und her und kam nicht zur Ruhe. Und das Schlimmste war: Seine geheime Landkarte funktionierte nicht mehr. Er lag da, starrte auf die Bruchlinien und Verdickungen im Verputz, aber sie blieben nur Bruchlinien und Verdickungen, wurden nicht zu Flüssen und Bergen und Landschaften für seine Träume. Er war wie leer geblasen.

Die Mutter machte sich Sorgen und wollte schon mit ihm zum Arzt gehen. Der Vater beobachtete ihn aus den Augenwinkeln und ärgerte sich, weil er nicht herausfand, was eigentlich los war. „Menschenskind", sagte Georg, als er vom Zeltlager wiederkam, „was bist du für eine Trantüte geworden."

Erst nach Tagen, nach Wochen kam alles zurück. Er war wieder der Robert, der er sein wollte, und nichts konnte ihn hindern, die unmöglichsten Träume zu träumen. Oma Anna, da war er ganz sicher, hatte nicht einmal Opa Rudolf etwas gesagt. Nie machte sie auch nur eine Andeutung.

Oma Anna war der beste Mensch, den es auf der Welt gab. Aber keiner, außer Robert, wusste das.

Geschichte Nr. 7
Boris und Gustav

GUSTAV
RUSSLAND 1941

Die Schreie wurden unerträglich. In kurzen Abständen gellten sie in ihren Ohren. Kein Wort war zu verstehen, aber überdeutlich, dass da ein Mensch war, der um Hilfe schrie. Die Schreie kamen aus dem Hohlweg, zwei-, dreihundert Meter vor dem Dorf, von da, wohin sich die russischen Soldaten nach dem heftigen Feuergefecht zurückgezogen hatten.

Der Angriff war vorüber. Bis auf die Schreie war von den Russen nichts mehr zu sehen und zu hören.

„Das halte ich nicht aus", sagte Gustav. „Wir müssen ihn holen."

„Es könnte eine Falle sein, Herr Stabsfeldwebel", sagte ein anderer Soldat.

Gustav schüttelte den Kopf. „So schreit keiner, der nur Theater spielt. Wer kommt mit?"

Fünf Männer meldeten sich. Im Schutz der Büsche schlichen sie aus dem Dorf hinaus. Überall lagen die Leichen russischer Soldaten. Sie waren mit lautem Gebrüll auf das Dorf zugestürmt, mitten hinein in das Maschinengewehrfeuer der Deutschen.

Im Graben neben dem Weg lag blutverschmiert der verletzte Russe. Als er sie sah, schrie er noch lauter. Panische Angst stand in seinen Augen. Er vergrub sein Gesicht zwischen den Armen und wagte kaum, sie anzusehen. Seine Stimme überschlug sich, als sie ihn anfassten und auf eine Zeltplane legten. Erst als sie sich dem Dorf näherten, verstummten die Schreie und wichen einem Wimmern.

Die Bewohner des Dorfes waren geflohen, ihre Häuser von deutschen Soldaten besetzt. Sie brachten den verletzten Russen in das erste Haus am Dorfrand, legten ihn auf ein Kanapee, schnitten ihm die Hose auf und verbanden die Schusswunde an seinem Oberschenkel.

Gustav wurde fortgerufen, musste hierhin und dahin, Wachen einteilen, sich um die Verpflegung kümmern, den Dienstplan besprechen. Als er am Nachmittag an dem Haus am Dorfrand vorbeikam, ging er hinein.

Der verletzte russische Soldat saß ganz allein auf dem Kanapee und blickte ihm aus immer noch ängstlichen Augen entgegen. Der Mann, sah Gustav jetzt, war mehr noch ein Junge, achtzehn oder neunzehn Jahre vielleicht.

Gustav setzte sich auf einen Stuhl dem Russen gegenüber, beugte sich vor, die Arme auf den Oberschenkeln, und redete auf den Jungen ein. Natürlich rechnete er nicht damit, dass der andere ihn verstehen würde, doch vielleicht würde schon der Ton in seiner Stimme ihn ein bisschen beruhigen.

„Du musst keine Angst haben", sagte Gustav. „Wir sind

keine Unmenschen. Wir tun dir nichts. Du erfüllst auch nur deine Pflicht, nicht anders als wir."

Der Russe sah ihn aufmerksam an, sagte aber nichts.

„Kommst du auch aus so einem Dorf?", redete Gustav drauflos. „Ich bin in so einem Dorf wie hier aufgewachsen, weißt du. Aber jetzt lebe ich in der Stadt. Da ist es besser. Auf dem Dorf, also ... jeden Tag mit den Ochsen aufs Feld, das ist nichts für mich ..."

Er brach ab, kramte die Zigarettenpackung aus seiner Tasche und hielt sie dem Russen hin.

Zögernd griff der Junge nach einer Zigarette und presste sie zwischen die Lippen. Auch Gustav nahm sich eine und ließ sein Feuerzeug aufschnappen. Fast gleichzeitig pusteten sie den Rauch in die Luft.

„Holderlin", sagte der Russe.

Überrascht sah Gustav ihm in die Augen. „Wie? Kannst du deutsch?"

„Holderlin und Heine", sagte der Russe. „Deutschland gut. Krieg nix gut."

„Bist du Student?", fragte Gustav. „Universität?"

Der andere nickte kaum merklich. „Gote und Schiller", sagte er. „Bach und Muzart. Deutschland gut. Krieg nix gut."

Gustav nickte. „Da hast du recht", sagte er. Nachdem er wusste, dass der Russe verstand, was er sagte, wenn auch nur bruchstückhaft, und dass er ein Studierter war, fiel ihm das Reden nicht mehr so leicht. Sie schwiegen eine Weile und verschanzten sich hinter den Rauchwolken.

„Ich Boris", sagte der Russe schließlich und zeigte mit den Fingern der linken Hand auf seine Brust.

„Ich Gustav", sagte Gustav und ahmte die Geste des Russen nach.

„Pusta", sagte der Russe. „Guter Mann, Pusta."

Einen Moment überlegte Gustav, ob er ihm die richtige Aussprache seines Namens beibringen sollte, ließ es aber bleiben.

„Ich habe nicht studiert, Boris", sagte Gustav. „Aber meine Kinder, die sollen mal studieren."

Es war so gut, über etwas anderes als über den Krieg zu sprechen. Über die Zukunft. Über das Leben, das werden sollte.

„Du Kinder?", sagte der Russe. „Du Frau?"

„Ja", sagte Gustav. „Frau. Zwei Kinder." Es überraschte ihn selbst, dass seine Gedanken ihn auf einmal so weit fortgetragen hatten, heraus aus der Grausamkeit des Krieges. In den Augen des jungen Mannes, der sein Gegner sein sollte, stand die gleiche Hoffnung, die gleiche Lust auf das Leben, wie er sie empfand. Ohne diese Hoffnung, ging es Gustav durch den Kopf, wäre der Krieg nicht zu ertragen. Was für ein Irrsinn, dass sie aufeinander schossen, obwohl sie doch Freunde sein könnten.

Sie rauchten eine zweite Zigarette miteinander, da griff der Russe in seine Uniformjacke, zog ein vergilbtes Foto heraus und hielt es vor Gustavs Augen. Mit der Zeigefingerkuppe tippte er auf dem Bild von einer Person zur nächsten. „Mama, Papa, Aljoscha, ich, Nadja, Vladimir." Eine Familie in einem vornehmen Wohnzimmer. Rüschengardinen, eine Standuhr, hohe Bücherregale und Bilder an den Wänden. Fotografiergesichter, der Vater mit Bart und strengem Blick über die Brille, vielleicht ein Professor, die Mutter, eine lächelnde Matrone, die Kinder – der Größe nach aufgestellt – sahen aus, als hätten sie Mühe, das Stillhalten zu ertragen. Ein Bild aus tiefster Friedenszeit.

Gustav sah es lange an, dann nickte er und seufzte. Eine warme Welle durchlief seine Brust, aber er konnte keine Worte dafür finden, dem anderen zu sagen, wie froh ihn die Begegnung machte.

„Du Foto?", sagte der Russe und steckte seine Familie wieder in die Innentasche seiner Uniformjacke zurück.

Natürlich. Gustav gab ihm die beiden Fotos, die er immer bei sich trug. „Meine Frau", sagte er. „Klara. Und das sind meine beiden Kinder. Anita und Hans."

Der Russe nahm die Bilder vorsichtig zwischen die Finger und betrachtete sie. Dann blickte er Gustav in die Augen und lachte.

„Schön Frau", sagte er. „Schön Kinder."

Er gab ihm die Bilder zurück, griff noch einmal in seine Uniformjacke, zog ein anderes Foto heraus und gab es Gustav. Ein junges Mädchen. Ein Lockenkopf. Lächelnd, mit leuchtenden Augen.

„Frau?", fragte Gustav.

Der Russe schüttelte den Kopf. „Swetlana", sagte er. „Frau, wenn Krieg vorbei. Hochzeit. Du Leningrad. Du Gast, Pusta!"

Sie lachten beide laut heraus, aber plötzlich blieb das Lachen auf dem Gesicht des jungen Russen stehen, erstarrte,
und mit vor Entsetzen weit aufgerissenen Augen sah er ihn
an.

Ein Surren war in der Luft und wurde immer lauter. Flugzeuge. Das Surren schwoll an, wurde zum Dröhnen, und da
krachte und splitterte es schon und die Erde bebte. Von einem
Moment auf den anderen waren um sie herum Rauch und
Staub und züngelnde Flammen. Die Bombe musste direkt vor
dem Haus heruntergekommen sein.

Gustav sprang auf und rannte zur Tür. Brennende Balken
versperrten den Ausgang. Er kehrte um, lief durch das Zimmer, stieß das Fenster auf. Bevor er hinaussprang, drehte er
sich um.

„Komm mit!", schrie er in den qualmverhangenen Raum
hinein.

Boris saß immer noch auf dem Kanapee. Er sah ihn an
und schüttelte den Kopf. Dann ließ er sich auf den Fußboden
gleiten, kroch unter den Tisch und vergrub sein Gesicht hinter den Armen.

Die Flugzeuge waren fort. Aber sie würden wiederkom-
men. Gustav musste zu seinen Leuten. Er durfte keine Zeit
verlieren. Er musste Deckung finden, seine Haut retten.

Er sprang aus dem Fenster und rannte die Dorfstraße hinauf. Die beiden russischen Flugzeuge flogen eine Schleife
links und rechts um das Dorf herum und hielten dann im
Tiefflug aus derselben Richtung wie zuvor auf die Häuser zu.

Gustav rannte. Noch waren die Maschinen vor dem Dorf. In Sekunden würden sie hier sein, Granaten und Rauchbomben abwerfen. Er warf sich neben den Mauerrest eines alten Dorfbrunnens. Und wartete. Sekunden wurden zur Ewigkeit. Er starrte in den Sand dicht vor seinen Augen und wie so oft in diesem Krieg war ihm, als liefe in einem Augenblick sein ganzes Leben vor ihm ab.

Da tackerte das Flakgeschoss – seine Kameraden setzten sich zur Wehr. Gustav hob den Kopf. Das erste Flugzeug raste dicht über ihn hinweg. Er sah den graugrünen Bauch der Maschine.

Das zweite Flugzeug war getroffen. Es stand in einer Wolke aus Rauch und Feuer am Himmel und dann, unendlich langsam, kam es Gustav vor, kreiselte es um sich selbst, trudelte herab, fiel und fiel und krachte ohrenbetäubend in das Haus, in dem Gustav noch vor einer Minute gewesen war.

Die Erde zitterte. Er sprang auf, schrie vor Entsetzen. Er wollte loslaufen, retten, was zu retten war, aber er stand wie gelähmt. Vom Dorfplatz, nicht weit entfernt, hörte er die Jubelrufe seiner Kameraden. Gustav selbst hatte befohlen, das Flakgeschütz dort aufzubauen.

Wo das Haus gestanden hatte, war ein einziger Feuerball. Der Rumpf des Flugzeugs ragte aus den Trümmern, das ausfließende Kerosin gab den lodernden Flammen zu fressen. Unmöglich, sich dem Schreckensort zu nähern.

Dann waren seine Kameraden um ihn, klopften ihm auf die Schulter, gratulierten ihm sogar zu dem Abschuss. „Der andere kommt bestimmt nicht wieder", sagte einer. „Und wenn, dann kriegt er auch einen vor den Latz geknallt." Sie waren laut und ausgelassen, schrien ihre Angst heraus, als hätte es sie nie gegeben.

Gustav schloss die Augen. „Boris", flüsterte er. Seine Stimme klang ihm im Ohr. Und mit ihr die Freude, die Hoffnung, das Leben. „Schön Frau. Schön Kinder. Holderlin und Gote..."

Wieder verbrachte Gustav die Nacht ohne Schlaf, ohne Träume. Im Morgengrauen zogen sie weiter. Sie marschierten an der Abschussstelle vorbei. Hier und da glimmte noch ein Holzstück. Hinter dem Haus, da wo einmal ein kleiner Gemüsegarten gewesen war, hatten sie eine verkohlte Leiche begraben. Der Wind hatte die weiße Asche über die Grabstelle geweht.

Geschichte Nr. 8
Polterabend

ROBERT
ERLENRODE 1955

Die Glocken läuteten. Schräg fiel die Sonne durch das Küchenfenster. Es war Samstagmorgen und sie hatten Robert mit dem dicken Federbett auf das alte Sofa dem Herd gegenüber gepackt. Von Zeit zu Zeit musste er den Turban aus weißen Verbänden höher schieben, damit er ihm nicht über die Augen rutschte. Wegen der Gehirnerschütterung sollte Robert ruhig liegen, hatte Dr. Braxler gesagt. Die Hautabschürfungen waren so schlimm nicht. Nur wenn sie Jod darauf pinselten, brannte es höllisch. Aber das ging vorbei.

Schlimm war etwas anderes. Vielleicht hing es mit der Gehirnerschütterung zusammen. Oder mit der Erinnerung. Jedes Mal, wenn er daran dachte, wie es passiert war, drehte sich alles vor seinen Augen. Dann sah er, wie sie auf Henneckes Hof stürmten. Er sah und hörte das Glas splittern. Es rieselte an der Hauswand herunter und fiel auf einen glitzernden Haufen. Dann sah er Heikos Augen, in denen ein unerklärlicher Hass flackerte, und dann trudelte Robert in ein schwarzes Loch, tiefer und immer tiefer …

Die Hochzeit von Roland Hennecke und Marlis Rabe war ein Ereignis, über das im Dorf schon lange geredet wurde. Der Sohn des größten Bauern heiratete die Tochter des zweitgrößten Bauern. Die alten Frauen in Oma Annas Handarbeitsrunde redeten darüber, als würde ein König eine Königin heiraten.

„Das wird eine Hochzeit, das habt ihr noch nicht gesehen!"

„Sie werden ihre Höfe jetzt wohl zusammenlegen."

„Dann gehört Roland das halbe Dorf."

„Geld kommt zu Geld."

„Ob sie sich auch lieben?"

„Wer weiß. In die Herzen kann keiner sehen."

Robert wollte, dass Roland und Marlies sich liebten. Auf seiner geheimen Landkarte war das so: Wenn man sich heiratet, dann liebt man sich auch. Alles andere war nicht in Ordnung.

Georg hatte versprochen, dass er Robert zum Polterabend mitnehmen würde. „Albert und Fritz dürfen auch", hatte Robert gesagt. Da konnten die Eltern nicht Nein sagen.

Es war ein schöner, sonniger Herbsttag gewesen, nun wurde es dunkel. Sie trafen sich vor der Schmiede. Ungefähr zwanzig Jungen waren es, Große wie Georg und Hans. Albert, Fritz und Robert waren die Kleinen, der lästige Anhang.

Die Großen berieten sich flüsternd, lachten ein paar Mal laut auf und taten geheimnisvoll. Georg schärfte den Kleinen ein, alles ganz genau so zu machen wie die Großen. „Keinen Ton, hört ihr! Sonst könnt ihr was erleben!"

Albert, Fritz und Robert hatten keine Ahnung, worum es eigentlich ging. Aber sie waren stolz, dabei sein zu dürfen. Im Gänsemarsch gingen sie die Böschung hinunter, am Bach entlang, unter der Brücke hindurch, wo es nach Fäulnis und Moder roch, und dann – Arno Klostermann, der Größte und Älteste ging voraus – bahnten sie sich einen Pfad durch den wilden Rhabarber und auf einmal standen sie vor dem hinteren Tor des Lagerschuppens, der zur Mosterei Kremling gehörte.

Kein Mucks jetzt, signalisierte Arno Klostermann und sah sich nach allen Seiten um. Dann schob er ein Brett an der Schuppenwand zur Seite und einer nach dem anderen schlüpften sie in die Lagerhalle.

Es roch nach feuchtem Holz, nach vergorenen Äpfeln und es war finster. Robert tappte hinter Fritz her und dachte nur daran, nicht den Anschluss zu verlieren. Vor sich hörte er wispernde Stimmen, sah huschende Schatten zwischen langen Regalen und auf einmal wurde Robert klar, dass er mitten in einem Einbruch und Diebstahl dabei war. Angst kroch in ihm hoch und pochte in seinem Hals. Er wollte doch kein Dieb sein. War ein Diebstahl weniger schlimm, wenn alle es machten? Der Mostereibesitzer Kremling war der Onkel von Fritz und Fritz war auch mit dabei.

Vor ihnen, in einer Ecke des Schuppens, stand Arno Klostermann und reichte jedem zwei leere Glasballons. Sie waren groß wie ausgewachsene Kürbisse und hatten lange Hälse. Das musste einen tollen Knall geben, wenn man die zerdepperte. Die Kleinen, Albert, Fritz und Robert, bekamen jeder nur einen Ballon.

Wieder draußen im Dschungel zwischen dem wilden Rhabarber dachte Robert, dass es so schlimm schon nicht sein konnte, weil es ja für die Hochzeit war. Bestimmt war es also kein richtiger Einbruch. Aber wenn der Vater davon erfuhr?

Im Schutz der Dunkelheit schlichen sie zwischen den Gärten den Hang hinauf und oberhalb des steilen Schotterweges, der auf den Hennecke-Hof hinunter führte, blieben sie stehen.

Unten vor dem Wohnhaus war alles hell erleuchtet. Dreißig oder vierzig Erwachsene, meist Frauen, standen im Halbkreis auf dem Hof. Um die Haustür hing eine Girlande aus Tannengrün. Vor der Hauswand, einer roten Backsteinmauer, lagen verbeulte Töpfe und Pfannen. Kleine Kinder schlugen mit Stöcken darauf herum. Der Polterlärm sollte die bösen Geister vertreiben. Heiko Hennecke, der jüngere Bruder des Bräutigams, ging mit einer Schnapsflasche herum und schenkte aus. Ein paar Frauen sangen laut und kreischend und Frau Steguweit, die Zeitungsfrau, rief: „Das Brautpaar soll kommen! Das Brautpaar soll kommen!"

„Jetzt! Los!", kommandierte Arno Klostermann. Zwanzig Jungen rannten mit lautem Gejohle den steilen Schotterweg hinunter. Sie tauchten in den Lichtkreis auf dem Hof, huschten an den überraschten Polterabendzuschauern vorbei und schleuderten ihre kürbisgroßen Glaskugeln gegen die Backsteinmauer. Es ging Knall auf Knall. Glas splitterte und rieselte zur Erde. Wie ein Spuk aus der Dunkelheit waren sie aufgetaucht und so schnell, wie sie gekommen waren, verschwanden sie auch wieder.

Zum Schluss standen nur noch zwei kleine Gestalten vor der Mauer. Die eine warf ihr Kürbisding und es gab noch einmal einen lauten Knall. Der anderen rutschte das Ding beim Werfen aus der Hand und rollte auf den Berg aus Glasscherben.

„Albert hat zwei linke Hände!", rief jemand und die Zuschauer lachten.

Da bückte sich die andere Gestalt, nahm den Glasballon mit beiden Händen auf, schwenkte ihn weit über den Kopf und warf ihn an die Wand.

Die Zuschauer klatschten und johlten. „Der Robert!", rief Frau Steguweit, und das Murmeln und Lachen klang, als wollten sie alle sagen: „Was für ein Bengel!"

Robert rannte vom Hof, die Auffahrt hinauf, wo die anderen standen. „Gut gemacht, Kleiner!" Arno Klostermann klopfte ihm auf die Schulter und Robert war stolz.

Nur Albert war sauer. „Das war mein Ballon", sagte er und Robert fiel ein, dass Alberts Eltern und Henneckes sich oft besuchten, weil sie Großbauern waren, und dass Roberts Vater die Landwirtschaft bald ganz aufgeben wollte. Vielleicht hatte Albert ja mehr Recht, zu poltern als Robert.

„Musste doch alles so schnell gehen", sagte Robert.

„Du bist ein Wichtigtuer", sagte Albert.

Das Brautpaar kam. Die Leute riefen „Oh!" und „Ah!" und klatschten Beifall. Dabei hatte Marlis Rabe ihr Brautkleid noch gar nicht an, nur einen schwarzen Rock und eine weiße Bluse mit Rüschen. Und Roland Hennecke, der Bräutigam, trug seinen grünen Jägeranzug und hatte seinen Hut mit dem schwarzen Federbusch auf dem Kopf. Sie hatten sich untergehakt, standen steif wie zwei Schaufensterpuppen vor der Tür und ließen sich bewundern.

Dann kamen zwei Serviermädchen aus der Tür, Almut Steguweit und Lisa Polanke. Jede balancierte ein Tablett mit Mett-, Schinken-, Wurst- und Käsebrötchen auf den Händen. Sie trippelten über den Hof und kamen tatsächlich den steilen Schotterweg zu den Jungen herauf.

Auch Heiko Hennecke kam. Zusammen mit seinem Vetter schleppte er eine Kiste Bier und eine andere mit Limonade. In der Dunkelheit hinter Henneckes Schweinestall wurde es laut. Die Brötchenberge verloren bald an Höhe. Bierflaschen zischten beim Öffnen. „Haut rein!", rief Heiko Hennecke. Almut Steguweit kreischte.

Albert, Robert und Fritz hatten sich jeder zwei Brötchen und eine Flasche Limonade erobert. Sie saßen etwas abseits auf einem Holzstoß, kauten, tranken, beobachteten die Großen, sahen sich von Zeit zu Zeit an, grinsten, nickten sich zu, genossen ihr Dabeisein.

Die Stimmung wurde immer ausgelassener. Auf einmal rief Heiko Hennecke: „Wo ist denn der kleine Robert?"

Sofort sprang Robert auf und rief: „Hier!"

Heiko war zwei Köpfe größer als Robert. Er hatte dünnes, schwarzes Haar und links einen schnurgeraden Scheitel.

„Komm her!", rief Heiko. Er stand oben an dem steilen Schotterweg, der zum Hof hinunterführte, und hielt einen leeren Kartoffelsack in der Hand, in dem irgendjemand seine Poltersachen angeschleppt hatte.

„Du bist ein ganz Kluger, nicht?", sagte Heiko, als Robert endlich oben bei ihm angelangt war.

Robert zog die Schultern hoch. Irgendetwas in Heikos Stimme kam ihm seltsam vor. War das Spaß, war das Ernst?

„Du kannst doch alles besser", sagte Heiko nun. „Kannst du auch sackhüpfen?"

Robert nickte. Im selben Moment bereute er es. Heikos Gesicht verzog sich zu einem schiefen Grinsen. In seinen Augen flackerte etwas, das Robert erschrecken ließ. Blitzschnell zog Heiko ihm den Sack über den Kopf. Es wurde finster vor Roberts Augen. Er hörte ein heiseres Lachen und eine sich überschlagende Stimme, die schrie: „Dann zeig uns das mal!"

Er wurde hart an den Schultern gepackt. Das Lachen wurde zum Gröhlen, dann kam der Stoß. Robert stolperte über seine Füße und fiel.

Er fiel und fiel. Der Aufprall kam erst, als er es schon nicht mehr erwartet hatte. Er rollte, kugelte, stürzte den Schotterweg hinunter und verlor jedes Gefühl für oben und unten. Irgendwann blieb er liegen. Es war dunkel und er hörte nichts mehr.

Die Glocken läuteten. Es war Samstagvormittag und Robert war mit Oma Anna allein in der Küche. Seine Mutter und seine Geschwister standen jetzt wie die meisten aus dem Dorf vor der Kirche und schauten der Hochzeit zu. Bestimmt war dort jetzt alles schwarz von Zuschauern. Auf dem ausgestreuten Tannengrün gingen Roland und Marlis. Sie hatten sich untergehakt wie gestern. Aber heute hatte Marlis ein weißes Brautkleid an und Roland bestimmt einen schwarzen Anzug mit Zylinder. Vor ihnen gingen die kleinen Blumenstreu-Mädchen. Hinter ihnen, feierlich und mit ernsten Gesichtern, die Eltern, Verwandten und Bekannten. Es war die größte Hochzeit, die es nach dem Krieg im Dorf gegeben hatte.

Aber zum ersten Mal dachte Robert: Vielleicht lieben sie sich gar nicht. Vielleicht ist da, wo die Liebe sein sollte, ein tiefes, schwarzes Loch und man fällt und fällt und fällt ins Bodenlose.

Georg hatte sich mit Heiko geschlagen. Und ihr Vater hatte gesagt, die Sache werde ein Nachspiel haben. Die Zeiten seien zum Glück vorbei, in denen sich gewisse Leute alles erlauben könnten.

Robert zog seine Hände unter dem Federbett hervor, rückte den Turban zurecht und legte die Arme auf die Decke. Das ging schon wieder ganz gut. Gebrochen war nichts.

Oma Anna setzte sich auf den Hocker vor dem Sofa.

„Was musst du auch mitlaufen wie ein Hammel", sagte sie. Mit ihrer harten, faltigen Hand streichelte sie Robert über den Arm.

Geschichte Nr. 9
Silberhochzeit

ROBERT
ERLENRODE 1956

Die Gäste kamen. Als Erste rollten Onkel Friedhelm und Tante Helga in ihrem dunkelblauen Opel Kapitän auf den Hof. Hinten im Auto: Oma Luise und Eberhard und Almut, Cousin und Cousine aus Bückeburg, der kleinen Fürsten- und Soldatenstadt, in der Robert in den Sommerferien zum ersten Mal ganz allein zu Besuch gewesen war. Oma Luise war mit ihm auf einen hohen Aussichtsturm gestiegen, sie waren ins Kino, in die Eisdiele, in den Schlosspark und ins Freibad gegangen und jeden Abend hatte sie ihm selbst erfundene Geschichten erzählt. Mit Almut und Eberhard und mit Broder, der auch zu Besuch war, hatte er Kaspertheater und Federball gespielt und von Tante Helga hatte er gelernt, dass man Kartoffeln nicht mit dem Messer schneidet und dass man zu jedem Essen eine Serviette benutzt.

Die Mutter freute sich, ihre Mutter und ihren Bruder und seine Familie wiederzusehen. Der Vater, schien Robert, wurde neben Onkel Friedhelm und Tante Helga immer irgendwie kleiner. Hier in Erlenrode zogen die Leute vor dem Vater den Hut. Er hatte inzwischen drei Berufe, war Bürgermeister, Versicherungsvertreter und Bauer — aber bei Tisch lächelte Tante Helga nachsichtig, wenn der Vater anfing, seinen Wackelpudding zu löffeln, obwohl noch nicht alle hatten. Auch war es weniger vornehm, vier Kinder zu haben als zwei. Robert hatte es längst gemerkt: Wenn die Städter zu Besuch kamen, gaben sie den Ton an.

Onkel Friedhelm war Prokurist in einer großen Firma, sein Opel Kapitän hatte 68 PS, Vaters VW-Käfer nur 30. Onkel Friedhelm war bei den Soldaten zwei Ränge weiter gekommen. Bei wichtigen Angelegenheiten fragten die Eltern zuerst Onkel Friedhelm um Rat. Onkel Friedhelm war der Großfamilienkönig, Prinz Eberhard mit weißen Kniestrümpfen und Bleyle-Anzug war das Musterkind, folgsam, strebsam und langweilig. Almut, seine Schwester, Petticoat und Pferdeschwanz, war so ziemlich das Gegenteil, eine Lachkatze, unberechenbar und quirlig. Zur Begrüßung versetzte sie Robert einen Kuss auf die Wange, dass er puterrot wurde und nicht wusste, wo er hinschauen sollte.

Kurz darauf kamen die Bonner. Onkel Lutz, Tante Cäcilia und Broder. Fast lautlos schwebte der weiße Mercedes auf den Hof. Wahrscheinlich hatte ihr Auto noch mehr PS als der Opel Kapitän.

Onkel Lutz war Diplomat. In zwei Monaten würde er mit seiner Familie für vier Jahre als Botschaftssekretär nach Rio de Janeiro in Brasilien fliegen. Zum Ärger von Onkel Friedhelm kümmerte sich Onkel Lutz nie viel um die Streitigkeiten in der Familie. Er wollte immer nur, dass alle sich vertrugen.

Tante Cäcilia liebte klimpernden Schmuck, sie trug ausgefallene Armreifen und goldene Ohrringe, spielte Tennis und verkehrte gern in vornehmer Gesellschaft. Und nicht selten war sie dadurch Anlass zur Empörung in der Familie. Onkel Lutz lächelte darüber nur. Bald würden sie durch die Wolken nach Brasilien verschwinden.

Die Erwachsenen begrüßten sich, als habe es nie Zank und Streit gegeben. Sogar Tante Helga und Tante Cäcilia umarmten sich. Alle strömten ins Haus, nur Almut, Broder und Robert steuerten den Kuhstall an.

„Sechs Wochen?", sagte Almut. „Kann es schon laufen?"

„Klar", sagte Robert. „Kühe können schon eine Stunde nach der Geburt auf den Beinen stehen."

„Wie heißt dein Kalb?", fragte Broder.

„Ida", sagte Robert.

„Ida?" Almut blieb stehen und strahlte ihn an. „Wie Tante Ida? Das ist ja süß!" Einen Moment lang fürchtete Robert, sie würde ihm noch einen Kuss aufdrücken. Aber sie lachte nur und ging weiter.

„Wegen der Silberhochzeit", sagte Robert. „Und weil sie doch heute aus Berlin kommen. Wir haben gedacht, sie freut sich vielleicht."

Feuchtwarme, würzige Kuhstallluft wehte ihnen entgegen. Rechts standen die drei Kühe. Bedächtig, als könnten sie keiner Fliege etwas antun, drehten sie ihre Köpfe und rasselten mit den Ketten. Heidelinde mit ihrem Kalb Ida stand ganz hinten. Auf staksigen Beinen torkelte ihnen das Kalb entgegen.

„Ist das niedlich!", rief Almut. Die beiden Stadtkinder stürzten sich auf das Kalb und streichelten Ida über den Rücken. Robert nahm eine Handvoll Heu auf und ließ Ida knabbern.

„Habt ihr es schon getauft?", fragte Broder.

Robert sah seinem Cousin in die Augen. Broder hatte Einfälle! Er war so alt wie Robert, hatte eine Klasse übersprungen, ging schon in die vierte und er konnte drei Fremdsprachen: Englisch, Spanisch und Portugiesisch. Ganz zu seinem Spaß löste Broder Rechenaufgaben, die selbst sein Vater nicht rauskriegen konnte.

„Nein", sagte Robert. „Haben wir nicht."

„Dann machen wir das jetzt. Hol mal Wasser."

„Au ja", sagte Almut.

Robert ging los, öffnete den klappernden Schwengelgriff der Kuhstalltür, nahm einen Melkeimer von der Bank, hielt ihn unter den Zinkhahn außen an der Stallmauer und drehte auf. Sprudelnd und spritzend rauschte das Wasser in den Eimer.

„Ida! … He, Ida!" Almuts Stimme überschlug sich.

„Halt! Hiergeblieben!", schrie Broder.

Robert stellte den halb vollen Eimer ab. Das Wasser sprudelte weiter.

Mit übermütigen Sprüngen kam das Kalb über die Türschwelle, blieb stehen und sah mit großen Glotzaugen zum ersten Mal die weite Welt außerhalb des Kuhstalls. Neugierig stakste es weiter, erst auf Robert zu, dann bog es ab, machte vor dem blauen Opel Kapitän halt, schnupperte, streckte die Zunge heraus und besabberte die Scheibe neben dem Beifahrersitz.

„Ida küsst euer Auto!", rief Broder.

Almut lachte schallend.

Plötzlich stand Eberhard neben Robert. Mit offenem Mund sah er von einem zum anderen. „Was macht ihr denn hier?", rief er. „Nehmt das Biest da weg!"

„Das ist kein Biest", sagte Almut. „Das ist Ida!"

Robert drehte den Hahn ab. Das Wasser war inzwischen über den Rand des Eimers geschwappt und Eberhard sprang zur Seite, als das Rinnsal sich seinen Schuhen näherte.

„Nehmt das… nehmt das Ding da weg!", rief Eberhard mit rotem Kopf. „Wenn Vati das sieht, dann könnt ihr was erleben!"

Er wedelte mit den Armen, das Kalb erschrak, schlug mit den Hinterbeinen aus, machte drei, vier Sätze über den Hof und blieb schließlich bockbeinig stehen.

Langsam ging Robert auf Ida zu, legte dem Tier den Arm auf den Hals, kraulte es zwischen den Ohren, drückte seinen Kopf an den Kopf des Kalbes und flüsterte: „Keine Angst, Ida. Der darf dir überhaupt nichts sagen."

Ida schien sich zu beruhigen und ließ sich stolpernd und stockend wieder in den Stall dirigieren. Almut und Broder schoben jeder an einer Seite und Eberhard beobachtete alles aus sicherer Entfernung.

„Toll", sagte Almut, als das Kalb wieder neben seiner Mutter stand. „Robert kann mit den Tieren reden. Bestimmt wird er mal ein prima Tierarzt."

„Und jetzt kommt die Taufe", sagte Broder.

Robert holte den Wassereimer und stellte ihn neben das Kalb.

„Ich mach das, ich!", rief Almut und bückte sich schon.

„Nein", sagte Broder. „Das dürfen nur Männer. Der Pastor bin ich."

„Dann Robert", sagte Almut. „Es ist sein Kälbchen."

„Na gut", sagte Broder. „Dann machen wir das zusammen."

Robert schaufelte eine Wasserpfütze in die hohlen Hände und schüttete sie dem Kalb auf den Kopf und Broder sagte mit feierlicher Stimme: „Wir taufen dich im Namen des Vaters, des Sohnes und des heiligen Geistes auf den Namen Ida. Amen."

Ida schüttelte sich, dann beugte sie den Kopf über den Wassereimer und trank.

„Mit so was macht man keine Witze", sagte Eberhard von der Stalltür her.

„Wieso?", sagte Almut. „Machen wir doch gar nicht."

„Macht ihr wohl", maulte Eberhard. „Hier ist doch keine Kirche."

„Bla, bla, bla", sagte Almut.

„Na warte", sagte Eberhard. „Das sage ich Mutti. Guck dich mal an, wie du aussiehst. Kaum bist du hier, hast du dich eingeferkelt."

Almut sah schuldbewusst an sich hinunter. Auf dem gelben Kleid waren Wasserflecken, Kuhhaare, Heu- und Stroh-halme.

„Ihr sollt reinkommen", sagte Eberhard. „Es gibt Nudel-suppe."

„Und danach gehen wir in den Wald", sagte Broder zu Ro-bert. „Und du zeigst uns deine unterirdische Höhle."

Robert nickte. Nicht schlecht, dass Almut und Broder sich so interessierten.

„Daraus wird nichts", sagte Eberhard. „Nach dem Essen ge-hen wir alle zusammen zum Bahnhof. Die Berliner abholen."

Die Berliner. Tante Ida und Onkel Adolf. Das Silberpaar. Sie waren heute die Hauptpersonen. Keines der Kinder – außer Anita als Baby – hatte sie jemals gesehen. Nur ihre Eltern hat-ten von ihnen erzählt. Tante Ida und Onkel Adolf wohnten in Ostberlin, in der russischen Zone, die jetzt DDR hieß. Sie leb-ten immer noch in derselben kleinen Zweizimmerwohnung wie vor dem Krieg. Weil sie arm waren und fast alle ihre Verwand-ten im Westen lebten, hatte die Familie beschlossen, ihre Sil-berhochzeit hier auf dem Dorf zu feiern. Robert war gespannt. Die Berliner, hieß es immer, das sind richtige Originale.

„Onkel Adolf, das ist ein langer Lulatsch", sagte Robert. „Anita kann sich noch erinnern, wie sie vor dem Krieg mal in Berlin zu Besuch waren. Da hat er sie auf den Schultern ge-tragen."

Eberhard sah ihn aus den Augenwinkeln abschätzig an, verzog das Gesicht und sagte: „Na ja, Tante Ida ist ja viel-leicht ganz in Ordnung. Aber der Mann …"

„Was für ein Mann?"

„Onkel Adolf."

„Was ist mit dem?"

„Der ist ein Kommunist."

Das Wort fiel schwer wie ein Felsbrocken zwischen sie. Einen Moment lang sagte keiner etwas.

„Na und?", sagte Almut schließlich.

Robert sagte nichts. Seine Vorfreude war wie weggeblasen. Er wusste nicht, wem er die Schuld dafür geben sollte, Eberhard oder dem Berliner Onkel.

Sieben Kilometer von hier, gleich neben dem Dorf, in dem Tante Rieke jetzt wohnte, war die Grenze zur DDR. Ein Ackerstreifen und ein Stacheldrahtzaun. Der Todesstreifen. Immer wieder stand in der Zeitung, dass Menschen eingesperrt wurden, weil sie über die Grenze von der DDR in den Westen wollten. Manchmal wurden Menschen auf der Flucht erschossen.

Am Wandertag waren sie mit der ganzen Schule an der Grenze gewesen. Sie hatten gesehen, wie die Grenzsoldaten mit ihren schweren Gewehren zu zweit oder zu dritt auf einem Weg hinter der Grenze entlang patrouillierten. Arno Klostermann hatte ihnen zugewunken, aber sie hatten nur starr geradeaus gesehen.

„Sie schießen auf jeden, der weglaufen will", hatte Lehrer Haberland erklärt. „Im Kommunismus darf keiner sagen, was er denkt. Die ganze DDR ist ein großes Gefängnis."

Ein Kommunist, das war so etwas Ähnliches wie der Teufel. Und so einer sollte bei ihnen Silberhochzeit feiern? Aber selbst Onkel Friedhelm, der die Kommunisten am wenigsten leiden konnte, war zum Feiern gekommen. Robert wusste nicht, was er denken sollte.

Sie saßen um den langen Tisch im Wohnzimmer und alle lobten Mutters Nudelsuppe.

„Das werden wir vermissen, Klara", sagte Onkel Lutz. „Diese ehrliche Hausmannskost."

„Was essen sie denn da in Brasilien?", fragte Georg.

Tante Helga bedachte Georg mit einem tadelnden Blick, weil Kinder am Tisch nicht ungefragt reden sollten.

„Krabben und Muscheln und jeden Tag Kaviar", sagte Onkel Max. Tante Olga und Onkel Max waren zu Fuß gekommen, wie immer mit einer Tafel Schokolade für Georg und Robert. Sie bewohnten zwei Zimmer auf einem Bauernhof in Erlenrode. Onkel Max und Tante Olga waren Flüchtlinge. In den ersten Jahren nach dem Krieg hatten sie mit in ihrem Haus gewohnt. Oma Luise, Tante Ida aus Berlin und Onkel Max waren Geschwister. Onkel Max war Roberts Patenonkel. Er hatte eine Glatze, nur an den Seiten einen Kranz grauer Haare. Die Witze, die er erzählte, verstand Robert meistens nicht.

Tante Cäcilia sah Onkel Max an, als sei es unter ihrer Würde, auf seine neidische Kleine-Leute-Bemerkung einzugehen. „Wir werden uns umstellen müssen", sagte sie. „Zum Glück haben wir eine Köchin. Europäisch geschult."

„Eine Köchin?" Oma Luise sah ihre Schwiegertochter verwundert an. „Davon habt ihr mir gar nichts erzählt."

„Aber ja, Mutter", sagte Tante Cäcilia leicht verärgert. „Du hörst nur nicht, was du nicht hören willst. Eine Köchin, ein Kindermädchen und einen Bediensteten, der auch für den Garten zuständig ist. Wir werden Empfänge geben müssen. Das geht nicht ohne Personal."

Oma Luise fegte sich die Haarsträhne aus der Stirn. „Vornehm geht die Welt zugrunde", sagte sie.

Onkel Lutz seufzte. „Mutter", sagte er. „Ich bitte dich. Wir sind doch hier beisammen, um in Frieden den Ehrentag unserer lieben Berliner zu feiern." Dann legte er die Hand auf den braun gebrannten, goldreifbehängten Arm seiner Frau und sagte: „Cäcilia, ich bitte auch dich. Dies ist nicht die Zeit und nicht der Ort."

Tante Cäcilia und Oma Luise wechselten einen feindseligen Blick und schwiegen verbissen vor sich hin.

„Nachschlag!", rief Onkel Friedhelm und hielt seinen leeren Teller hoch.

Die Mutter, froh, dass der Familienfriede wieder gekittet war, schöpfte Onkel Friedhelm aus der großen Suppenterrine den Teller voll.

„Schön dick, Schwesterherz", sagte Onkel Friedhelm. „Wie ich es am liebsten mag."

„Wie schön, Bruderherz", sagte Onkel Lutz, „dass es dir schmeckt. Das eine kann ich euch sagen: Wohin das Leben uns auch führen wird, das werden wir nie vergessen: Nudelsuppe ist unser Familiengericht!"

Onkel Friedhelm schüttelte den Kopf, sah seinen Bruder

über die Schulter an und sagte: „Bleibe im Lande und nähre dich redlich!"

Onkel Lutz lächelte und wechselte das Thema.

Wie so oft, wenn er dem Gerede der Erwachsenen am Familientisch zuhörte, wurde Robert leicht schwindlig. Sie sagten etwas, meinten es aber ganz anders. Als fände immer ein unsichtbarer Machtkampf statt, in dem entschieden wurde, wer recht hatte und wer unrecht.

Der Bahnhof von Erlenrode war ein schwarzer Ascheplatz, auf dem ein Lagerschuppen stand und neben dem Gleis ein Halteschild mit Papierkorb. Hinter dem Bahnhof waren Felder und Wiesen.

Sie waren rechtzeitig da und Onkel Max erzählte von früher, doch Robert hörte nicht zu. Er stand mit Almut und Broder und dem Bollerwagen für das Gepäck ganz hinten und konnte sich nicht mehr auf die Berliner freuen. Ein Kommunist. Warum hatten seine Eltern nie etwas davon erzählt? Almut hatte vorgeschlagen, das Kalb zur Begrüßung mit zum Bahnhof zu nehmen, aber Robert hatte nur den Kopf geschüttelt.

Als der Zug mit quietschenden Bremsen zum Stehen kam, waren alle drei Waggons hinter der Lokomotive eine Weile in Rauchschwaden gehüllt. Aus dem mittleren Waggon stieg Frau Steguweit mit ihrer Marktkiepe aus, dann kam Willi Buchholz, der einzige Gymnasiast im Dorf, dann Marlis Hennecke mit ihrer Mutter und dann … das mussten sie sein: Eine kleine unscheinbare Frau, grauer Mantel, graues, dünnes Haar und blasses Gesicht, blinzelte in den abziehenden Rauch. Hinter ihr eine Bohnenstange von Mann, ein Klappergestell in schwarzem Anzug mit großer silbergrauer Fliege und Zylinder auf dem Kopf. Der Kommunist.

„Hoch lebe das Silberpaar!", rief Onkel Lutz und klatschte in die Hände.

„Hoch solln sie leben, hoch solln sie leben!", stimmte Onkel Friedhelm an und alle außer Robert sangen mit.

Kaum war die kleine graue Tante Ida vom Trittbrett des Kleinbahnwagens gesprungen, wurde sie stürmisch umringt. Oma Luise wollte ihre Schwester gar nicht mehr loslassen. In Sturzbächen ergossen sich Freudentränen, es gab Aufschreie des Wiedererkennens und selbst Roberts Vater, der in solchen Dingen immer zurückhaltend war, umarmte den langen, dünnen Mann aus Berlin. Der ragte wie ein windschiefer Leuchtturm über dem tosenden Meer der Arme, Köpfe und Schultern, rückte seinen verrutschten Zylinder zurecht, drückte hier eine Hand, winkte nach da. Als wären sie hier alle Kommunisten. Schließlich schob er sich zu seiner kleinen Frau vor, legte ihr den Arm wie zum Schutz über die Schulter und sagte: „Det also is die janze Innung! Idelchen, mir is janz dieselich. Kneif mir, dat ick et jlobe."

„Ach Adi", sagte Tante Ida strahlend. „Dass wir das noch erleben!"

„Wat fühl ick mir jebumfidelt!", sagte Onkel Adolf.

Hand in Hand wie ein Liebespaar gingen die beiden alten Leute, die kleine graue Frau und die zerbrechliche Vogelscheuche, inmitten der lachenden und ununterbrochen schnatternden Verwandtschaft die lange Dorfstraße hinunter. Robert und Broder zogen den Bollerwagen, auf dem der kleine, verbeulte Pappkoffer der Berliner lag, und Almut wuselte um Tante Ida herum und rief: „Wir haben eine Überraschung für euch! Wir haben eine Überraschung für euch!"

„Ne schöne Jejend is dat hier", sagte Onkel Adolf.

„Wie im Paradies", sagte Tante Ida.

Zu Hause wurde das Silberpaar an den Tisch genötigt und alle sahen zu, wie sie die aufgewärmte Nudelsuppe löffelten.

„Den Braten gibt es heute Abend", sagte die Mutter.

„Nun haut mal rein", sagte Onkel Max. „Es ist alles bezahlt."

„Ach Kinder …", seufzte Tante Ida, sah in die Runde und wischte sich über die Augen. „Ich glaube, ich träume."

„Nichts geht über Nudelsuppe", sagte Onkel Friedhelm. „Die hält Leib und Seele zusammen."

Anita hatte aus Silberpapier zwei Rosenblüten gebastelt, in die Mitte jeweils eine 25 geklebt und nach dem Essen steckte Onkel Friedhelm Tante Ida die eine Rose ans Kleid, Onkel Adolf die andere an den Anzug.

„Idelchen", sagte Onkel Adolf. „Ick bin platt!"

„Hab ich's dir nicht gesagt, Adi", sagte Tante Ida. „Die Verwandtschaft. Da weiß man, wo man hingehört."

Die Mutter räumte die Teller und die Suppenterrine vom Tisch, der Vater und Onkel Lutz steckten sich Zigarren an, die Männer tranken einen Verdauungsschnaps, Anita und Hans stellten Gläser und Bierflaschen auf den Tisch.

„Tante Ida, Tante Ida", quengelte Almut. „Wir müssen euch was zeigen. Robert hat was ganz Tolles für euch! Kommt ihr mit? Es ist draußen."

Das Silberpaar im Schlepptau, gingen sie über den Hof, Almut, Robert und Broder, Eberhard und Georg.

„Da bin ich aber gespannt", sagte Tante Ida.

„Nu mal wuppdich", sagte Onkel Adolf. „Aber die Jebrüder Beeneckes, die wolln mir nich mehr so."

Kommunist oder nicht, dachte Robert. Noch nie hatte er zwei Erwachsene gesehen, die sich so freuen konnten.

Onkel Adolf winkte den Kühen zu und zog vor den Schweinen den Zylinder. Alle lachten. Trotz seines dunklen Anzugs sah er mehr wie ein Zirkusclown aus, nicht wie ein Silberbräutigam.

„Tante Ida, Tante Ida!", sagte Almut. „Guck mal, das Kälbchen!"

Sie standen sich gegenüber und Ida, das Kalb, reckte den Hals und schnupperte an Tante Idas Blümchenkleid.

„Ist es nicht niedlich?", sagte Almut.

„Allerliebst!", sagte Tante Ida.

„Und weißt du, wie es heißt?"

„Nein."

„Ida! Ida, wie du! Das hat sich Robert ausgedacht. Als Hochzeitsgeschenk!"

„Nicht möglich!", rief Tante Ida und presste beide Hände

vor den Mund, als wäre sie erschrocken. Dann breitete sie die Arme aus. „Robert!", rief sie. „Junge! Komm her und lass dich drücken!"

Robert tauchte einen Moment in den weichen Blümchenbauch und atmete den Geruch von Kernseife. Als sie ihn wieder freigab, strubbelte Onkel Adolf durch seine Haare.

„Robert", sagte Onkel Adolf. „Komm du mir nach Berlin, ick setz dir uff'n Elefanten!"

Ja, dachte Robert. Nach Berlin. Da will ich mal hin. Der Vater war in seinem Leben ein paarmal in Berlin gewesen. Am besten, hatte er gesagt, war es immer bei Tante Ida und Onkel Adolf gewesen. Warum nur machten die Kommunisten so schlimme Sachen? Und was konnte Onkel Adolf dafür?

Robert und Georg zeigten den Berlinern – die Cousins und die Cousine immer dabei – den Garten, den Bolzplatz, die Scheune, den Heuboden, Opa Rudolfs Tischlerwerkstatt, und Tante Ida und Onkel Adolf bestaunten alles ausführlich.

Dann kamen die anderen Erwachsenen dazu und Onkel Adolf ließ sich von Onkel Lutz eine dicke Zigarre anstecken. Qualmend und hustend zogen sie wieder in die gute Stube und alle setzten sich an die inzwischen mit Torten und Zuckerkuchen gedeckte Kaffeetafel.

Robert ließ Onkel Adolf und Tante Ida nicht mehr aus den Augen. Die kleine graue, unscheinbare Frau und die lange Bohnenstange von Mann – sie waren ein Zauberpaar. Seit sie da waren, hatten sich alle verändert. Jeder versuchte, freundlich zu sein zu den Berlinern. Jeder schmunzelte schon, wenn Onkel Adolf auch nur Luft holte, um irgendetwas zu sagen. Der Machtkampf untereinander war vergessen. Onkel Adolf und Tante Ida, fand Robert, waren gar keine richtigen Erwachsenen, sie waren mehr wie Kinder, die alles bestaunen und sich über die kleinste Nebensache freuen können.

Tassen klapperten, Kaffeeduft mischte sich mit Zigarrenqualm, das Wirrwarr der Stimmen flaute ab. Almut kleckerte Sahne auf die von Oma Anna gehäkelte Sonntagstischdecke, aber Tante Helga lächelte nur milde. Tante Ida lobte Mutters Erdbeertorte. Etwas so Köstliches habe sie nicht einmal auf ihrer Hochzeit bekommen. Auf ihrer Hochzeit, fiel Robert ein, war Tante Ida schon fünfundvierzig und Onkel Adolf fünfzig. „Hat lange jedauert, bis wir rin sind in de Pantinen", sagte Onkel Adolf. „Aber dann mit Zislaweng." Ihre Hochzeit, das war im Jahre 1930, drei Jahre bevor der ganz andere Adolf gekommen war, hinter dem dann fast alle hergelaufen waren.

Die Erdbeertorte war schnell verputzt, vom Zuckerkuchen blieb die Hälfte übrig. Die meisten kauten noch, da klopfte Onkel Friedhelm mit dem Löffel gegen seine Goldrandtasse. Gemurmel und Gelächter verstummten, Onkel Friedhelm stand auf, knöpfte sein Jackett zu, räusperte sich die Kehle frei und hielt eine feierliche Rede. Tante Helga neben ihm hatte den Blick gesenkt und nickte zu allem, was er sagte.

Sie freuten sich alle, sagte Onkel Friedhelm, dass das Silberpaar an seinem Ehrentag dem grauen Alltag in der sowjetischen Zone entfliehen und den Tag hier im Kreise der Familie festlich begehen könne. Dass es eine große Ungerechtigkeit sei, dass die Luft der Freiheit nur in einer Hälfte des geteilten deutschen Vaterlandes wehe. Dass sie alle beten und hoffen würden, dass sich der eiserne Vorhang eines – hoffentlich nicht allzu fernen – Tages wieder hebe und dass das liebe Silberpaar und überhaupt alle Deutschen wieder ungehindert hin und her fahren könnten.

Es wurde Beifall geklatscht, Roberts Mutter hatte Tränen in den Augen, Oma Luise schniefte und der lange Onkel Adolf stand auf und bedankte sich mit Handschlag für „die scheene Andacht".

Dann erhob sich Onkel Lutz und sagte, dass er seinem Vorredner, dem lieben Bruder Friedhelm, nur zustimmen könne. Die schwere Zeit sei nun vorbei, aber die dunklen Schatten der Vergangenheit lägen doch noch schwer über dem deutschen Vaterland. Und wenn sein lieber Vorredner von Beten und Hoffen geredet habe, so könne er sich dem nur anschließen und beten und hoffen, dass nie mehr passieren könne, was in den zwölf dunklen Jahren der Hitlerbarbarei und des Krieges passiert sei, und beten und hoffen müsse man, dass die Kinder und Kindeskinder es einmal besser machten, als sie es getan hätten. Und stolz sei er, das könne er nicht verhehlen, dass sie nun im Auftrag des neuen, freiheitlich demokratischen Deutschlands in Kürze über den großen Teich schippern und mithelfen dürften, dass der Name Deutschlands in der Welt wieder einen besseren Klang bekomme. Nie aber, auch nicht aus der weitesten Ferne, werde er die schmerzliche Wunde der Teilung vergessen und das liebe Silberpaar sei ihm ein ewiger Ansporn, all seine Kraft darauf zu verwenden, dass Hass und Streit und Teilung überwunden werde.

Auch Onkel Lutz erhielt Beifall für seine Rede, auch ihm dankte Onkel Adolf mit Handschlag. Er hob sein Schnapsglas, prostete in die Runde und kippte es mit einem Schwupp hinter die Binde.

„Adi", flüsterte Tante Ida. „Mach langsam."

Onkel Adolf setzte sich, zog seine kleine Frau an sich, drückte ihr einen Kuss auf das schüttere Haar und sagte: „Nun lass mir man, Idelchen."

Eine Weile redeten wieder alle durcheinander, dann sagte Onkel Max: „Adolf, nun musst du auch eine Rede halten."

„Icke?" Onkel Adolf strich mit der Hand von der Stirn über die Haare und brachte dabei seinen Scheitel in Unordnung. „Icke? So scheene Worte find ick keene. Bin nich akademisch, hab och nich studiert."

„Lieber Adolf", sagte Onkel Lutz. „Die besten Reden kommen aus dem Herzen."

Onkel Adolf griff sich mit der Hand ans Herz. „Ick weeß nich", sagte er. „Meene olle Cognacpumpe, die hat schon bannig abjebaut. Nee, eene Rede red ick nich. Höchstens 'ne olle Berliner Klopsjeschichte."

„Silencium!", rief Onkel Friedhelm und klopfte mit dem Autoschlüssel gegen den Rand seines Bierglases.

„Erst mal nachschenken!", rief Onkel Max. „Die Stimme muss geölt werden! Adolf, lass sehen, was du verträgst!"

Hans schüttete Onkel Adolf das Schnapsglas voll und stellte eine neue Flasche Bier vor ihn auf den Tisch.

„Eene Molle mit Kompott", sagte Onkel Adolf. Alle lachten. Nur Tante Ida lachte nicht.

Zu seiner Rede stand Onkel Adolf nicht auf. Er nestelte an seiner Fliege, rückte die silberne Rose mit der 25 auf seinem Jackett zurecht, sah in die Runde, und als er Roberts Blick begegnete, zwinkerte er ihm zu. Es war mucksmäuschenstill im Wohnzimmer. Alle Köpfe reckten sich Onkel Adolf entgegen, alle Blicke waren erwartungsvoll auf ihn gerichtet, und als er endlich anfing, lauschten alle gebannt seiner leicht krächzenden Stimme:

„Ick sitze da und esse Klops.
Uff eenma klopp's.
Ick kieke hoch und wundre mia:
Uff eenma jeht se uff, die Tüa.
Ick stehe uff und denk: Nanu?
Jetzt isse uff, erst waa se zu?
Ick jehe raus und kieke:
Und wer steht draußen? Icke."

Einen Moment lang brauchten alle zum Verstehen, dann brach der Beifall los, viel heftiger als nach den Onkelreden. Alle lachten und prusteten und Georg wäre fast vom Stuhl gefallen. Onkel Adolf musste seine Klopsgeschichte noch einmal hersagen und auch nach dem zweiten Mal klatschten sich alle die Hände heiß.

Onkel Adolf genoss es, im Mittelpunkt zu stehen. Er sah blinkernd um sich, hob das leere Schnapsglas, winkte Hans heran und sagte: „Noch eenen Rachenputzer, Junge!"

„Prost, Adolf!", lachte Onkel Max. „Leber, duck dich!"

„Adi, Adilein!", sagte Tante Ida. „Nun sei doch vernünftig!"

„Heute lass mir man, Idelchen!", sagte Onkel Adolf.

Robert hätte Onkel Adolf stundenlang zuhören können. Aber plötzlich stand Broder hinter ihm und sagte: „Los, Robert, jetzt gehen wir. Eberhard will auch mit."

„Was? Wieso? Wohin?" Robert war ganz durcheinander.

„Na, in den Wald. Deine unterirdische Bude anschauen", sagte Broder.

Draußen gingen sie eine Weile wortlos nebeneinander her, dann sagte Almut: „Ick jehe raus und kieke: Und wer steht draußen? Icke!" Sie hielt sich den Bauch und lachte. „Onkel Adolf ist toll!", sagte Almut.

„Ob das stimmt?", sagte Robert. „Ich meine, dass er Kommunist ist?"

„Klar stimmt das", sagte Eberhard. „Der kann ja nicht mal richtig Deutsch."

„Du bist blöd", sagte Almut. „Das ist doch Berlinerisch. Und Berlin ist die alte deutsche Hauptstadt. Berlinerisch ist noch viel deutscher als Deutsch!"

„Und die Kommunisten waren immerhin gegen die Nazis", sagte Broder. „Onkel Adolf auch. Er hat Flugblätter verteilt. Zweimal haben sie ihn eingesperrt deswegen."

Eberhard blieb stehen und musterte Broder von oben bis unten. „Woher weißt du das? Klar, von deinem Vater. Der ist ja auch so einer."

„Was für einer?", fragte Broder.

„So ein Roter", sagte Eberhard. „So ein Vaterlandsverräter."

Broder lachte. „Und deiner ist ein alter brauner Brausekopf."

Eberhard blieb stehen und sah aus, als wolle er sich gleich auf Broder stürzen. „Sag das nicht noch mal!", stieß er hervor.

„Brausekopf!", sagte Broder.

„Hört auf!", rief Almut und stellte sich zwischen sie. „Was soll denn Robert von uns denken?"

Robert dachte, dass Broder recht hatte. Eberhard war ein Brausekopf wie sein Vater.

Sie gingen über die Brücke und vor der Mühle rechts über die Wiese, erklommen den Schlittenhang, sprangen über den Mühlgraben und kletterten den steilen Waldhang hinauf. Robert überlegte einen Moment, ob er seinen Cousins und seiner Cousine die Stelle am ersten Querweg zeigen sollte, von der aus sein Vater, als er vor elf Jahren aus dem Krieg gekommen war, zum ersten Mal ihr Haus und die Wiesen davor wiedergesehen hatte. Das Haus, in das die Mutter mit Anita, Hans und dem kleinen Georg schon während des Krieges eingezogen war. Sein Vater hatte ihm die Stelle gezeigt. Er hatte Robert die Hand auf die Schulter gelegt und so waren sie lange schweigend nebeneinander gestanden und hatten zu ihrem Haus hinübergeblickt. Auch ohne Worte war der Vater Robert da auf einmal sehr nahe gewesen. Der Krieg war zu Ende. Sie waren wieder eine richtige Familie geworden.Was für ein Glück.

Nein, entschied Robert. Mit niemandem würde er darüber reden. Für manche Dinge im Leben gab es keine Wörter. Vielleicht gerade für die wichtigsten nicht. Wörter konnten alles kaputt machen. Würde Eberhard das verstehen? Und Almut und Broder?

Von der unterirdischen Bude hatte er Broder erzählt, als sie zusammen in den Ferien bei Oma Luise in Bückeburg gewesen waren. Ein bisschen übertrieben hatte er dabei schon, um den viersprachigen Cousin beeindrucken zu können. Die Kämpfe zwischen Unter- und Oberdorfbande waren in seiner Erzählung ein bisschen wilder geraten, als sie in Wirklichkeit waren. Blut war geflossen, ja, aber genau genommen nicht während der Rauferei, sondern weil Albert sich beim Schnitzen eines Pfeils mit dem Taschenmesser in den Finger gesäbelt hatte.

„Ihr seid die Apachen", sagte Broder. „Und die anderen sind die Komantschen?"

Robert nickte. Vielleicht musste er ja gar nicht viel erfinden. Wie es aussah, hatte sich Broder von der unterirdischen Bude und ihren Kämpfen längst seine eigene Geschichte gemacht. Kleinigkeiten interessierten ihn nicht. Kleinigkeiten waren nichts für große Geister.

Seit er dort der Ratte begegnet war, hatte Robert die unterirdische Bude nicht mehr betreten. Albert und Fritz waren noch einmal dort gewesen, aber mit der Zeit war ihnen allen dreien der Bolzplatz wichtiger geworden und zuletzt hatte sich der Kampf zwischen Unter- und Oberdorfbande mehr und mehr auf dem Fußballfeld abgespielt. Die unterirdische Bude war für Robert längst Vergangenheit, aber Broder wollte sie unbedingt sehen.

Wie Robert befürchtet hatte, waren die morschen Bretter abgesunken, teilweise eingebrochen und ihr mühsam errichtetes Bauwerk, die geheime Höhle der Apachen, war nur noch eine moos- und dornenüberwucherte Ruine.

„Haha", lachte Eberhard, als sie davor standen. „Das ist euer Hauptquartier?"

Robert zog die Schultern hoch. Er schwankte zwischen Enttäuschung und Erleichterung. Einerseits konnte er mit dem jämmerlichen Erdhaufen keinen Eindruck machen, andererseits war er froh, dass dieser Ort, der ihn an etwas erinnerte, woran er nicht gern erinnert werden wollte, nun wieder von der Natur in Besitz genommen wurde.

„Vielleicht liegt darunter der Schatz der Azteken", sagte Broder.

„Das war doch in Mexiko", sagte Eberhard.

„Weiß ich auch", sagte Broder. „Aber der Schatz ist verloren gegangen. Cortez hat den Rest auf ein Schiff geladen. Das ist von Piraten gekapert worden. Soll in Frankreich gelandet sein. Vielleicht ja auch hier, weißt du's?"

„Quatsch!", sagte Eberhard.

„Man müsste mal graben", sagte Broder unbeirrt. „Vielleicht findet man was. Gold, Juwelen. Alte Münzen. Totenköpfe."

Broders Fantasie ließ sich nicht aufhalten. Broders Fantasie war längst auf und davon. Weiter als alles, was sie vor Augen hatten. Broders Luftschloss war unangreifbar und auch Robert fand darin Unterschlupf. Eberhard konnte sie mal.

Robert nickte. „Einen alten Knochen habe ich schon gefunden", sagte er.

„Ja, los, wir graben!", sagte Almut.

„Ihr Knallköppe", sagte Eberhard. „Ihr spinnt ja alle miteinander." Er tippte sich an die Stirn.

Sie strolchten noch eine Weile durch den Wald herum und Robert zeigte ihnen den Messerwerfplatz, die Badebucht, den Kletterbaum und die gespaltene Gewittereiche, die mit ihren knorrigen Ästen, die aussahen wie Finger, kleine Kinder erschreckte. Dann musste Almut dringend aufs Klo und sie gingen wieder nach Hause.

Irgendetwas musste passiert sein. Als sie auf den Hof kamen, hörten sie aufgeregtes Stimmengewirr aus dem Wohnzimmer, ganz anders als die Feierfröhlichkeit vorher.

„Was, ich?", rief Onkel Max. „Luise, ich bitte dich!"

„Jawohl, so einer bist du nämlich!", rief Oma Luise außer sich. „So einer warst du schon immer! Weißt genau, dass er nichts verträgt, aber immer noch einen und noch einen!"

„Das Herz!", hörten sie die weinende Stimme von Tante Ida. „Er hat so ein schwaches Herz!"

„Diese Schande!", jammerte Oma Luise. „Was soll der Herr Pastor von uns denken? Das ganze Dorf wird reden! Und

Gustav und Klara haben nichts als Scherereien. Und nur, weil du …"

„Ich bitte dich, Luise!", sagte Onkel Max in schneidendem Ton. „Er ist doch kein Kind!"

„Ist er wohl!", rief Oma Luise.

Während sie über den Flur gingen, hörten sie die tiefe Stimme von Pastor Krummbach, der offenbar Oma Luise beruhigte. „Gute Frau", sagte er. „Regen Sie sich nicht auf! Wenn die Leute hier im Dorf etwas verstehen, dann das. So was kommt in den besten Familien vor."

„Diese Freude", schluchzte Tante Ida. „Diese Freude. Das war einfach zu viel!"

„Gustav, ruf den Arzt an!", sagte Onkel Friedhelm.

„Langsam, langsam", sagte Onkel Lutz. „Noch wissen wir doch gar nichts."

Da kam Georg aus dem Wohnzimmer. „Onkel Adolf ist verschwunden", sagte er zu ihnen. „Wahrscheinlich Vollrausch."

„Und?", sagte Robert. „Warum sucht keiner?"

„Haben wir längst, Kleiner", sagte Georg.

„Draußen auch?"

„Draußen auch. Garten, Scheune, Kuhstall, Hundehütte, auf der Wiese, überall. Futsch! Hat sich aufgelöst."

Im Wohnzimmer saß keiner auf seinem Platz, alle redeten wild durcheinander. Ohne den Bräutigam war die Silberhochzeit keine Silberhochzeit mehr.

„Er wird schon wieder auftauchen", sagte Onkel Max.

„Wir müssen weitersuchen", sagte Onkel Lutz.

Aber sie redeten nur. Wenn und aber und wer schuld war und wer nicht.

„Eins will ich dir sagen", erregte sich Oma Luise von Neuem. „Diese Sache werde ich mir mein Lebtag lang merken, du Verführer! Du hast deiner armen Schwester ihr bisschen Glück nie gegönnt! Von mir aus ist der Adolf eben ein Kommunist. Aber er ist ein anständiger Mensch. Was man von dir nicht behaupten kann!"

„Wie bitte?", rief jetzt Tante Olga, Onkel Max' Frau, in höchster Erregung. „Haben wir nicht genug durchgemacht? Müssen wir uns auch noch so was sagen lassen?"

„Durchgemacht haben wir alle genug, Olga", sagte Oma Luise. „Da gibt es nichts aufzurechnen, meine Liebe!"

„Mutter", sagte Onkel Lutz. „Ich bitte dich. Um des lieben Friedens willen."

„Was wahr ist, muss wahr bleiben!", rief Oma Luise und fegte sich eine Haarsträhne aus der Stirn. „Betrunken hat er ihn machen wollen!"

Die Frauen, Mutter, Tante Helga, Tante Cäcilia und Oma Anna standen bei Tante Ida und versuchten, sie zu trösten.

„Ich such ihn", sagte Robert.

„Robertchen ...", sagte Tante Ida und wischte sich über die Augen.

Robert rannte die Treppe hinauf, schaute in alle Zimmer, in alle Winkel, die er vom Versteckspielen mit Georg kannte, suchte auf dem Trockenboden, dem Taubenschlag, in der

Wurstekammer, rannte die Treppe hinunter, sah im Büro nach, im Keller, dann lief er auf den Hof, in den Garten, suchte hinter allen Sträuchern und Bäumen, teilte die breiten Rhabarberblätter, durchstöberte den Holzstall, die Scheune, den Heuboden, sah in das Brennnesselmeer hinter dem Bolzplatz – nirgendwo eine Spur von Onkel Adolf. Als Letztes blieb der Kuhstall.

Gustel, Heidelinde und Dolores glotzten ihn an wie immer. Auch das Kalb Ida verriet ihm nichts. Robert sah in die Schweinekoben und hinter die Futterkrippe. Er wollte schon wieder gehen, da merkte er, wie sich der Heuhaufen an der Kuhstallwand neben Heidelinde und Ida hob und senkte.

Langsam ging er näher und sah genau hin. Aus dem Heu ragte eine Nasenspitze. Robert erschrak. „Das Herz", hatte Tante Ida gesagt. „Er hat so ein schwaches Herz." Wenn er … Noch nie hatte Robert einen toten Menschen gesehen. Sollte er umkehren und die Erwachsenen holen?

Aber Onkel Adolf atmete. Er schnarchte sogar. Da, wo der Mund sein musste, bewegten sich die Heuhalme.

Robert ließ sich auf die Knie fallen und wischte vorsichtig das Heu von Onkel Adolfs langem, kantigen Gesicht. Zwei-, dreimal zuckte er mit den Wimpern, aber die Augen blieben geschlossen.

„Onkel Adolf!", sagte Robert und ruckelte an seiner Schulter. Der Onkel hatte seinen langen, dünnen Körper mit Heu zugedeckt. Schnaps- und Biergeruch wehte aus seinem offenen Mund.

Robert nahm einen Heuhalm und kitzelte ihn unter der Nase. Das Gesicht verzog sich, die Nase zuckte und eine Niesexplosion brachte den Heuhaufen ins Beben. Mit einem plötzlichen Ruck richtete Onkel Adolf sich auf, schüttelte sich, die Decke fiel von ihm ab, Heuhalme flogen nach allen Seiten und Kalb Ida sprang vor Schreck zur Seite.

Wieder zum Leben erwacht wischte sich Onkel Adolf die Augen und sah sich verwundert um. „Robert", sagte er. „Robertchen. Ahh, wat brummt mir de Birne."

Robert nickte und versuchte ein Lächeln.

„Erschrick mir nur nich, kleiner Robert", sagte Onkel Adolf. „Mir war nur'n bisschen duselig. Hab ick mir jedacht, ick jeh mal uff'n Federball für'n halbes Stündchen."

„Sie haben dich alle gesucht, Onkel Adolf."

„Dat is scheene, Robert", sagte Onkel Adolf. „Wenn se dir alle suchen. Wenn se dir alle zuhören. Wenn se dir alle jut wollen. Dann denkste, du bist in' Paradies uff eenmal."

Robert nickte.

Onkel Adolf legte ihm die Hand auf die Schulter. Er flüsterte, als würde er ein Geheimnis verraten: „Dat is dat Leben, Robert. Et schwebt so dahin. Du musst et jut aufpassen!"

„Adi! Adilein!"

Plötzlich stand Tante Ida im Kuhstall. „Hier bist du! Dem Herrgott sei's gedankt!"

Robert stand auf. Onkel Adolf blieb im Heu sitzen.

Er breitete die Arme aus. „Idelchen!", rief er. „Mein Idelchen, komm bei mich bei!"

Mit hastigen Trippelschritten kam sie über den Kuhstallgang, blieb vor Onkel Adolf stehen und sah ihn sorgenvoll an. Sie legte die Hand auf Robers Kopf und zauste ihm durch die Haare.

„Robert", sagte Tante Ida. „Guter Junge." Und zu ihrem Mann: „Adi, du Dussel! Du großes, dummes Kamel!"

Onkel Adolfs Augen glänzten. Er fasste Tante Idas Hand und zog sie zu sich hinunter.

„Ida. Idelchen. Meine Silberbraut. Komm her und lass dir drücken!"

Die kleine pummelige Tante Ida protestierte quiekend, aber nur halbherzig. Schon lag sie im Heu und Onkel Adolf schlang beide Arme um sie.

„Adi! Adilein!", rief Tante Ida. „Der Junge! Und was sollen denn die Leute denken?"

„Jutes, Idelchen!", sagte Onkel Adolf. „Nur Jutes!"

Er drückte ihr einen Kuss auf die Stirn und zog sie noch fester an sich.

Robert lief aus dem Stall. Er schloss den Schwengelgriff der Kuhstalltür, und als er sich umdrehte, standen sie alle vor ihm, der Vater, die Mutter, die ganze Verwandtschaft.

„Hast du Tante Ida gesehen?", fragte der Vater.

„Ja", sagte Robert. „Sie sind da drin. Tante Ida und Onkel Adolf. Aber sie dürfen jetzt nicht gestört werden."

„Wie bitte?", sagte Onkel Friedhelm und zog die Augenbrauen hoch.

„Sie ... sie kuscheln ein bisschen", sagte Robert und wurde rot.

Onkel Lutz war der Erste, der loslachte. „Da seht ihr!", rief er. „Alles in Ordnung! Alles in bester Ordnung!"

Selbst Pastor Krummbach lachte. „Das Silberpaar!", sagte er. „Donnerwetter. Diese Berliner. Die waren uns schon immer voraus!"

Lachend und laut redend, eine dicke Wolke aus Zigarrenqualm hinter sich lassend, gingen sie den Gartenweg hinunter.

Am nächsten Tag war Sonntag und die Gäste fuhren wieder fort. Der Abschied war tränenreich. Erst fuhr der Opel Kapitän hupend vom Hof, dann, fast lautlos, der weiße Mercedes.

Tante Ida und Onkel Adolf blieben noch eine Woche. Einen Sonntag später standen dann auch sie mit ihrem ausgebeulten Pappkoffer auf dem großen Hof. Bevor sie in Vaters VW-Käfer einstiegen, der sie zum Bahnhof in der Stadt fahren sollte, gingen sie noch einmal Arm in Arm den langen Gartenweg hinunter und sahen über die Wiesen zum Wald hinüber, als könnten sie sich nicht trennen.

„Robert", sagte Onkel Adolf zum Abschied noch einmal. „Komm du mir nach Berlin. Ick setz dir uff'n Elefanten!"

Tante Ida drückte ihm einen Kuss auf die Wange und Robert wischte ihn nicht ab.

Dann stiegen sie ein. Mutter und Tante Ida hinten. Onkel Adolf, der langen Beine wegen, vorn auf dem Beifahrersitz. Der Motor heulte auf. Onkel Adolf streckte den Arm aus dem Fenster und ließ sein großes weißes Taschentuch flattern. Sie rollten vom Hof und Robert lief bis zu Hauptstraße hinter ihnen her, um ihnen nachzuwinken.

Georg schlug vor, ein paar Takte zu bolzen, aber Robert hatte keine Lust. Er wollte jetzt allein sein. Warum hatte er so einen dicken Kloß im Hals? Woher kam diese Traurigkeit? Dieses seltsame Gefühl, als hätte er, als hätten sie alle etwas verpasst?

Den ganzen Vormittag über lief er ziellos umher, dann saß er lange auf der Treppe zum Heuboden und sah zum Haus hinüber. Sie hatten doch Platz. Mit ein bisschen gutem Willen müsste es doch möglich sein … Bei der Silberhochzeit hatten elf Menschen zusätzlich in ihrem Haus übernachtet und es war auch gegangen.

Nach dem Mittagessen, bevor der Vater seine Zigarre anzündete und bevor er mit seinen Kriegsgeschichten anfing, sagte Robert: „Tante Ida und Onkel Adolf könnten doch bei uns wohnen."

„Junge", sagte die Mutter. „Wie stellst du dir das vor?"

„Ganz einfach", sagte Robert. „Wir haben doch Platz. Und in Berlin, da haben sie nur eine ganz winzige Wohnung. Habt ihr selber gesagt. Zwei kleine Zimmer und Pappe als Fensterscheibe. Ganz bestimmt würden sie sich freuen, wenn sie herkommen könnten."

„Alte Bäume verpflanzt man nicht", sagte die Mutter.

„In Berlin, das ist ein ganz anderes Leben", sagte der Vater. „So einfach ist das alles nicht."

„Wieso?", sagte Georg. „Rentner lassen sie ausreisen aus der DDR. Die sind doch froh, wenn sie die los sind."

Der Vater seufzte und drehte den Puddinglöffel in seinen großen Händen.

„Bitte", sagte Robert. „Ihr braucht nur Ja zu sagen."

Der Vater schüttelte den Kopf und suchte nach einer Antwort.

„Vergiss es, Robbi", sagte Georg. „Wenn sie hier im Westen wohnen würden, könnte Onkel Friedhelm sich ja nicht mehr über die böse DDR aufregen."

„Georg!", fuhr die Mutter auf.

„Ist doch wahr", sagte Georg. „Und überhaupt! Warum wohnen sie denn nicht bei Onkel Friedhelm? Die haben doch noch mehr Platz als wir. Und mehr Geld haben die auch."

„Jeder hat sein Tun und jeder hat seine Sorgen", sagte die Mutter. „Onkel Friedhelm und Tante Helga müssen ihr Haus abbezahlen. Glaubt ihr, dass das so einfach ist?"

„Aber Tante Ida und Onkel Adolf sind ganz allein da in Berlin", sagte Robert. „Kein Mensch kümmert sich um sie. Außer zur Silberhochzeit."

Die Mutter schluckte. Der Vater legte ihr die Hand auf den Arm.

„Ganz unrecht hat er nicht, der Junge", sagte der Vater.

Zwei Monate später, Onkel Lutz, Tante Cäcilia und Broder waren schon vierzehn Tage in Brasilien, kam ein Brief aus Berlin. Die Mutter rief alle ins Wohnzimmer. Mit rotgeränderten Augen und stockender Stimme las sie vor: „*… und teile euch mit, dass mein lieber Mann Adolf am 26. Juli, frühmorgens um fünf Uhr dreißig friedlich eingeschlafen ist. Auf Wunsch des Verstorbenen hat die Beisetzung in aller Stille stattgefunden. Von Beileidsbesuchen bitte ich Abstand zu nehmen …*"

Und wieder vier Wochen später kam eine schwarz umrandete Karte in einem schwarz umrandeten Umschlag. Auf der Karte stand Tante Idas Name. *Geboren am 3.12.1885. Gestorben am 15.8.1956. Die Beisetzung hat stattgefunden.*

Nichts weiter. Kein Brief. Kein Absender. Niemand konnte sagen, wer die Karte abgeschickt hatte.

An diesem Nachmittag saß Robert im Stall und sprach mit Ida, dem Kalb.

„Verstehst du das?", fragte Robert.

Das Kalb nickte, kaute und schüttelte den Kopf. Dann legte es sich ins Stroh und stellte die Ohren auf. Es war gewachsen, fast schon ein Rind. Es hatte einen eigenen Futterplatz an der langen Krippe neben Mutter Heidelinde. Statt der schweren, rasselnden Kette wie die großen Kühe hatte Ida einen Strick um den Hals. Mehr als fünf, sechs Meter hin und her, vor und zurück, konnte es sich nicht bewegen.

„Sie hatten beide ein schwaches Herz", sagte Robert. „Und ohne Onkel Adolf wollte Tante Ida nicht mehr weiterleben."

Robert streckte die Hand aus und hielt sie vor die feuchte Schnauze des Kalbes und Ida leckte mit der rauen Zunge über seine Finger. Es kitzelte und Robert lief ein angenehmer Schauer über den Rücken.

„Kannst du dir das vorstellen?", sagte Robert. „Ich schon."

Er sah Tante Ida und Onkel Adolf wieder vor sich, wie sie Arm in Arm den langen Gartenweg hinuntergingen, sah, wie er hier im Heu saß, wie Onkel Adolf die Arme ausstreckte und Tante Ida sagte: „Adi, du Dussel! Du großes, dummes Kamel!" Und er spürte Onkel Adolfs Hand auf seiner Schulter und hörte seine Stimme: „Dat is dat Leben. Et schwebt so dahin. Du musst et jut aufpassen!"

Die ganze Familie, jeder Einzelne, hatte sich verändert, als Tante Ida und Onkel Adolf gekommen waren. Onkel Friedhelm war nicht mehr der König und Onkel Lutz nicht mehr der Diplomat gewesen. Und Onkel Adolf nicht der Kommunist. Für einen Tag waren sie alle fast, als hätte Robert sie sich auf seiner geheimen Landkarte erdacht.

„Weißt du, wozu man auf der Welt ist?", sagte Robert.

Ida leckte ihm wieder mit der rauen Zunge über die Hand.

„Genau!", lachte Robert. „Genau dazu!"

Er kraulte dem Kalb die Stirn und spürte die kleinen Höcker, aus denen demnächst die Hörner wachsen würden.

Geschichte Nr. 10
Auf dem Heuwagen

ROBERT
ERLENRODE 1956

P ass auf, Menschenskind, dass du nicht runterfällst", sagte Georg. Bisher war es immer seine Aufgabe gewesen, den Heuwagen zu laden. Jetzt war Robert an der Reihe.

Der Wagen stand auf der Scheunentenne bereit, das Pferd, die alte Liese von Nachbar Heise, war in die Deichsel gespannt. Es konnte losgehen.

Sie rollten aus der dunklen Scheune, Licht und Luft und blauer Himmel waren über ihnen, vor ihnen die drei Wiesen, der Bach, dahinter die Wiesen der Nachbarn, die Mühle und die grüne Wand des Waldes. Rechts war ihr Bolzplatz, das Tor mit dem selbst geknüpften Bindfadennetz, die Sandkuhle für Hoch- und Weitsprung, dahinter das Brennnesselmeer. Etwas erhöht, gleich neben der Durchfahrt zur vorderen Wiese, stand der alte Birnbaum. Der knorrige, verwachsene Stamm neigte seine Krone immer weiter über den Zaun, und weil die Birnenernte von Jahr zu Jahr weniger wurde, hatte der Vater beschlossen, den alten Birnbaum zu fällen. Opa Rudolf war dagegen. Robert auch. In den Löchern des Stammes hatte er drei Geheimverstecke.

Auf der hinteren Wiese hielten sie an. In Reihen lag das Heu zusammengeharkt.

Der Vater gab Anweisungen. Georg sollte das Pferd am Halfter führen. Oma Anna, die Mutter, Anita und Hans sollten nachharken. Der Wichtigste aber war Robert auf dem Wagen.

„Das Heu gut eintreten", sagte der Vater. „Damit es keine Luftlöcher gibt."

Robert nickte.

Die erste Ladung kam geflogen. Frisches, duftendes Heu. Es kribbelte und kratzte auf der Haut. Robert schob es ans äußerste Ende der Ladefläche.

Der Vater arbeitete zügig. Eine Ladung nach der anderen schleppte er zum Wagen. Mit beiden Händen stemmte er die Heugabel hoch. Aus den Ballen über ihm regnete es Heufäden. Der Vater hatte ein rotes Gesicht und auf seinem blauen Arbeitshemd zeichneten sich vorn und hinten dunkle Schweißflecken ab. „Robert, jetzt!", rief er jedes Mal, wenn er eine Ladung auf den Wagen hievte.

Das Heufuder wuchs. Schon bald ragte es über den Rand des Leiterwagens hinaus und Robert stand auf schwankendem Grund. Mit beiden Armen fing er die Heuladungen auf, drückte sich mit dem ganzen Körper dagegen und trat sie fest.

Höher und höher wuchs das Fuder. Wenn Robert über den Rand sah, erfasste ihn leichter Schwindel. Er konnte seine Familie von hier oben nicht sehen, nur hören. Oma Anna, die

Mutter und Anita redeten und lachten. Sie sprachen vom bevorstehenden Schützenfest, von Anitas Freund Norbert, von einem Kleid, an dem Oma Anna den Saum umnähen wollte.

„Und jetzt!" Der letzte Rest Zusammengeharktes kam auf den Heuwagen geflogen und Robert trat es fest.

„Gut gemacht, Junge!", rief der Vater von unten. Robert konnte auch ihn nicht sehen. Aber er spürte ein warmes Gefühl von Stolz und Zufriedenheit in seiner Brust.

Schwankend und knarrend setzte sich der volle Heuwagen in Bewegung. Robert ließ sich auf den Rücken fallen und streckte alle viere von sich. Über ihm zogen die Wolken vor dem blauen Himmel und die Schwalben vollführten ihre Flugkunststücke hoch in der Luft. Rechts zogen die grünen Wipfel des Waldes vorbei und links die roten Dächer des Dorfes.

Robert schwebte zwischen Himmel und Erde. Er schloss die Augen und öffnete sie wieder. Unter sich hörte er die Stimmen der Menschen, die ihm am nächsten waren, aber er bemühte sich nicht, sie zu verstehen. Er schwebte so dahin und dieses Gefühl war so neu und so aufregend, dass er es um keinen Preis missen mochte. Als wäre er ganz allein auf der Welt und doch, mehr als jemals zuvor, mit allen anderen verbunden. Im nächsten Augenblick könnte sein Fuder in sich zusammenrutschen, er könnte abstürzen und sich das Genick brechen. Immer konnte im nächsten Augenblick alles zu Ende sein und ganz anders kommen. Aber dieser eine Moment, dieses Schaukeln und Schweben, dieses Dahingleiten, dieses

Gleichzeitig-Träumen-und-Wachsein, dieser Moment war viel zu kostbar, viel zu schön, um an den nächsten zu denken. Die Stimmen unter ihm waren wie ein Teppich, wie ein Netz. Es würde ihn auffangen, was immer passierte.

Vielleicht würde er eines Tages fortgehen wie der Vater. Fortgehen in die große Welt hinter dem Wald, in der alles möglich war, das Gute wie das Böse. Dann käme es darauf an. Würde er es besser machen als sein Vater?

Auf einmal spürte er eine große Lust auf alles, was vor ihm lag.

Wenn er fortginge, dann würde er einfach alles mitnehmen, den Singsang der Stimmen, den Schwalbenflug, den Heugeruch.

Ja, er wollte aufpassen aufs Leben, so gut er nur konnte.

Herbert Günther wurde 1947 in Göttingen geboren und ist in einem kleinen Dorf zwischen Göttingen und Duderstadt aufgewachsen. Nach einer Buchhandelslehre arbeitete er zunächst als Lektor und danach als Leiter einer Kinderbuchhandlung in Göttingen. Er schrieb Drehbücher für Kinderfilme im ZDF und ist seit 1988 freier Schriftsteller. Zusammen mit seiner Frau Ulli übersetzt er auch Kinder- und Jugendbücher aus dem Englischen ins Deutsche. Für seine Bücher wurde er unter anderem mit dem Friedrich-Bödecker-Preis ausgezeichnet. Er lebt in Friedland bei Göttingen. *Roberts Land* ist sein erstes Buch bei Gerstenberg.

1. Auflage 2010
Copyright © 2010 Gerstenberg Verlag, Hildesheim
Alle Rechte vorbehalten
Umschlagillustration von Aljoscha Blau
Satz: Fotosatz Reinhard Amann, Aichstetten
Druck und Bindung: CPI – Ebner & Spiegel, Ulm
Printed in Germany

www.gerstenberg-verlag.de

ISBN 978-3-8369-5290-3